Ambra

InFame

Rizzoli

Pubblicato per

Rizzoli

da Mondadori Libri S.p.A.
Proprietà letteraria riservata
© 2020 Mondadori Libri S.p.A.

ISBN: 978-88-17-15417-8

Prima edizione: novembre 2020

Impaginazione:
Corpo4 Team

InFame

A mamma e papà che ci hanno provato,
a Danda e Leo che ci sono riusciti.
Con tutto l'amore che posso.
Ambra

I

La faccia è distesa, il respiro lungo, le spalle sciolte, sto guidando con una felicità addosso che se trovassi le parole le butterei per non minimizzarla. Ho in macchina tutto quello che mi serve per sentirmi amata e, anche se durerà soltanto qualche ora, quando provo tutta questa adrenalina sento che avrò una grande giornata.

Tra poco sarò finalmente a casa.

Scendo dalla macchina, scarico tutto, ho fretta e desiderio. Carico la mia felicità in ascensore, salgo al quarto piano, anche la chiave è confusa e stordita dalla mia mano che non vede l'ora di entrare per cominciare.

Nulla è andato storto, anche questa volta la cassiera non se n'è accorta o se lo ha fatto chissenefrega, tanto posso cambiare ancora e ancora. Sono libera di girare tutti i supermercati della zona, ho già una piantina di quelli da saltare per questo mese e dove ripassare il mese prossimo.

In questo momento il mio cuore non pesa come al solito.

Tutto quello che ho comprato lo scarico sul letto, vado in cucina e metto l'acqua a bollire per sicurezza, apro una scatoletta di tonno mentre comincio a mordere il gelato biscotto che mangiavo da piccola. Ho soltanto la sensazione della solita sottile incertezza sull'andare fino in fondo, mi fermo qualche secondo a riflettere, poi addento il gelato biscotto che nel frattempo è il terzo della confezione da sei. Accendo la tv. Mi tuffo sul letto insieme a carboidrati, grassi saturi e non, proteine, fibre, zuccheri, addensanti, coloranti, sali minerali, tracce di frutta secca, di soia e glutine, latte e tutti i suoi derivati. Non saranno amici o uomini ma almeno non prendono iniziative strane e soprattutto non mi amano. Non mi piacciono le mani degli uomini quando con presunzione mi accarezzano e disegnano la forma di una pera, io non ho chiesto di sapere come sono fatta.

Intanto il sesto e ultimo gelato biscotto scende giù e la pancia comincia a tirare. Per un attimo, ho anche pensato che questa volta ingoierò solo queste milleequattrocentochilocalorie poi basta; mentre lo penso la televisione mi schiaccia sotto un masso di tentazioni che non mi fanno più sentire il peso di quello che sto per compiere. Ogni canale mi offre quello che già mi circonda. Io ho tutto qui, così vicino! Cerco ancora di distrarmi guardando il soffitto ma uno chef insistente mi spiega quanto sia facile preparare un muffin ripieno in quindici minuti. Bene, anzi no male, ora che faccio? No, sì, no, sì... sì! Lo seguo e preparo il muffin. Cambio canale e trovo una signora che guarnisce fantastiche bruschette alla "mia madre sopra" ovvero, con qualsiasi ingrediente già morto o ancora agonizzante. Bene, anzi no male, ora che faccio? Le preparo.

Porto le bruschette sul letto, praticamente il pane è rimasto schiacciato sotto un intero reparto del supermercato, inizio a masticare. Bevo l'impasto dei muffin crudo perché tanto cosa cambia, continuo a cercare un senso di nausea che non arriva. Eppure questo mix di elementi assemblato senza alcun senso dovrebbe portare al disgusto, o almeno a dire BASTA, invece avendo azzerato il sapore del cibo, la voglia resta quella di continuare a riempire.

La mia testa è lucida, almeno credo, si rende conto della follia totale del momento ma nulla può contro la forza delle braccia, delle mani, della bocca... delle dita.

Non avevo mai pensato che alcune parti del corpo potessero prendere il sopravvento sulla testa, sul suo ripieno... tanto per restare in tema.

La fatica che faccio nessuno può immaginarla, non è da persone comuni questa esistenza, non credo che qualcuno possa riuscire a resistere a questa pratica per più di un anno. Nessuno, tranne me.

Vivo con il mio segreto da circa dieci anni, e credo che se avessi regalato tutto il cibo che ho masticato e poi vomitato avrei potuto salvare almeno una colonia di bambini malnutriti, anche per questo mi sento una merda.

"Macché cazzo dico?"

Penso di averli salvati i bambini malnutriti, da questa droga che ti frega sorridendo, che finge di non essere uguale alle altre. Non devi essere un delinquente o frequentarne, gli spacciatori sono ovunque. In televisione il più spietato è *La prova del cuoco*, quando inciampo in questo show, e ho il vuoto dentro che urla incazzato tra una canzoncina e un grembiulino, penso che non sia grave sfogarmi, anzi, condivido la mia esperienza con un pubblico divertito che applaude, balla e canta *Le tagliatelle di nonna Pina*. Mi unisco all'entusiasmo televisivo, cucino quello che vedo preparare allo "spacciatore" di turno e concludo con una bella vomitata.

"Cosa voglio di più?"

Io non voglio niente. Però tutto il niente del mondo perché anche del nulla ho fame, una fame insaziabile, una voragine che non riposa mai.

Dopo aver fatto il pieno di amorealimentare mi metto davanti allo specchio e comincio a ridere dallo schifo che vedo. Sono gonfia, la pelle è in Lombardia e gli organi in Puglia, in mezzo tossine di ogni genere come una specie di barca traghetta profughi senza approdo.

Mi metto di profilo e guardo con interesse la mia pancia, sembro incinta al settimo mese e la cosa non mi dispiace affatto, mi porta in uno stato catartico che m'impone di continuare a recitare la parte della gravida felice. Mi purifico dalla colpa e sogno che tutto quel cibo pari a uno scaffale intero di un vecchio alimentari sia il mio primo figlio e che ad aspettarmi fuori dalla porta ci sia tutto l'amore del mondo. Mi siedo e mi rialzo sentendo la pressione della pancia, fingo di percepire qualcuno dentro e per un attimo mi dona quella pienezza che da sola proprio non riesco a sentire.

Sono felice, per dieci minuti.

Chiudo gli occhi, respiro sorridendo, bradicardica come quando nuoto sott'acqua con il cuore che rallenta per lasciarmi lì sotto ancora un po'. Ora dovrei andare a vomitare, ho già aperto l'acqua del lavandino in bagno che non sarà l'oceano ma rilassa come se lo fosse. Devo andare, devo portare a termine la pratica ma in questo momento io... sto così bene... così bene... così bene... così ben... così be... così... b... così... mi addormento.

"Che cosa ho fatto?!"

Sì, l'ho fatto ancora.

Riapro gli occhi soltanto perché le orecchie hanno percepito una variazione della pressione dell'acqua del lavandino del bagno che scorre da ieri.

Mi sono assopita, forse svenuta. Ho costretto il

mio corpo a digerire chili di cibo e del mio bambino? Nessuna traccia.

Non credo proprio che il risveglio di una neo-
mamma sia così, questo assomiglia di più ad un post
Cristiana F. – *Noi, i ragazzi dello zoo di Berlino* solo
più grasso, io... molto più grassa.

Mi do ancora più fastidio quando penso di pian-
germi addosso. Ora, tra l'altro, proprio non posso.

Devo sparire dalla circolazione per una settimana, tempo tecnico per tornare nelle mie forme normali; che poi potrei anche uscire tanto non mi ri-
conoscerebbe nessuno questa mattina, a stento mia
madre.

2

Lei ci ha provato e ci riprova sempre, mia madre
sa che io so che lei sa ma sbagliamo tutte e due lo
stesso.

Mi è sempre piaciuto tutto di lei, da piccola le
sue contraddizioni erano le mie fantastiche ossessioni. Portava solo tacchi altissimi e l'unica volta
che si è fracassata una gamba è stato perché l'avevamo convinta a "scendere" per infilarsi un paio di
LA Gear (le scarpe da ginna degli anni 90' con i lac-
ci colorati). Era bionda ma si decolorava i capelli,
per sicurezza. Andava sempre dal parrucchiere ma
appena tornava a casa li rilavava, perché li voleva
sistemati ma non pettinati "da parrucchiere".

Una donna in viaggio. Da se stessa a se stessa,
andata e ritorno. Pur di non smettere di "andare"

anche per mangiare restava in piedi, in continuo movimento, dal tavolo della sala alla cucina. Non c'era un vero motivo se non quello, credo, di ignorare la quotidianità e le sue regole.

Continuare a vagare pur rimanendo sentimentalmente fermi nelle proprie scelte. Un modo complesso, ingannevole ma sicuramente vincente per tirare su una famiglia.

Mi ha insegnato tutto quello che so e anche quello che non so.

Da piccola avevo oggettive difficoltà nella lettura, mettere insieme le sillabe e leggerle a voce alta davanti a tutti mi procurava un certo disagio. Così, mia madre, che doveva esaminare la contabilità dell'azienda per la quale lavorava, mi teneva vicina e mi sottoponeva quei fogli incomprensibili che studiava per far quadrare i conti. Era a tratti disperata, sia per quello che doveva sistemare della contabilità, sia per quello che non riusciva a sbloccare in me, la lettura.

Un pomeriggio dei tanti, senza che lei se ne accorgesse, all'improvviso...

«I...l... con...tri...bu...ente, ut...i...liz...zando

il ri...go E6, pu...ò in...cre...men...ta...re...» e poi sempre più spedita: «Sen...za appli...ca...zione di sanzioni, i compen...si indica...ti nei righi precedenti, per adeguarli alle risultanze dei parametri di cui al D.P.C.M...».

Silenzio.

Poi mia madre urla e continua a baciarmi, sembra la pastorella di Fatima davanti all'apparizione mariana. Ce l'avevo fatta! Quel giorno avevo iniziato a leggere il mio primo modello unico 740.

L'indomani, a scuola, seguirono attimi di vero delirio. La suora mi fece leggere pure la novella del giorno, compito che fino a quel momento aveva potuto svolgere soltanto la supersecchiona Amalia.

Comunque, tornando a mia madre, insegnandomi a leggere sul modello unico 740 mi aveva già trasformata in una cittadina responsabile e che negli anni a venire avrebbe sempre provato un senso di gratitudine nel pagare le tasse. L'*enfant prodige* dei contribuenti, solo meno incazzata, molto meno.

Mia madre, grazie alle tasse del suo datore di lavoro, mi aveva regalato il primo passo verso l'emancipazione.

Il nostro modo di amarci è sempre stato originale in tutto, per scelta o per destino.

Credo che lei l'abbia scoperta subito la mia trasformazione in "vuoto a rendere", ma non prevedendo una tutina e non essendo un superpotere non l'ha mai potuta condividere con le sue amiche. Non poter chiacchierare di sua figlia mantenendo lo sguardo orgoglioso per l'oggettiva genialità della stessa, come la mamma di Wonder Woman o di Margherita Hack, credo, dev'essere stata dura. Ovviamente questo non me l'ha detto lei, lo penso io.

«Ma se i miei geni non sono tali, non sarà soltanto colpa mia... no?!?»

... e questo, ovviamente, non gliel'ho mai detto.

Non ho chiesto a nessuno di aver bisogno di due dita in gola, anche tre o quattro, per essere felice. La felicità, dicono, dovrebbe avere un'accezione temporale lunga, invece la mia dura quanto un'eiaculazione precoce in un uomo ansioso. Cinquanta secondi, poi flotte di sensi di colpa si riprendono ogni organo del mio corpo.

Una volta mia madre ha fatto una cosa abbastanza geniale e ammetto che lì ho dubitato fortissimamente di riuscire a concludere il solito capolavoro.

Avevo mangiato di nascosto, più precisamente nel suo bagno, una scatola intera di Oreo oltre a vari resti della cena perché durante non potevo farlo, mi sentivo i suoi occhi imploranti addosso. Pensavo: "Perché non parli? Perché non t'incazzi, non mi dici di farla finita? Perché non mi abbracci forte come in quei film dove le madri bloccano i figli e piangono con loro perché la smettano di drogarsi???".

Niente. Solo i suoi occhi grandi concentrati sui miei gesti e sulla mia bocca.

Le dico che sono stanca e che devo andare a casa, fingendo di dover andare a letto presto. Lei non ci crede assolutamente ma annuisce e mi lascia ancora fingere quando le dico: «Mamma, mi lavo i denti e poi vado a casa».

Il suo bagno aveva già fatto amicizia con i miei succhi gastrici. Così, mentre mi piego velocemente sul water "per amore", alzando gli occhi, trovo il suo biglietto…

Aveva scritto un biglietto altezza vomito, era stata scientifica, spietata, unica, geniale. Avevo appena messo le dita sulla lingua e mentre lo stomaco le assecondava concedendo la prima contrazione, l'avevo letto. L'avevo dovuto leggere.

«Sei sempre e comunque il mio grande amore. Ti amo, mamma.»

Quella sera i sensi di colpa hanno fatto la spesa per me, è andata anche peggio del solito.

"Anche io ti amo, follemente, è che sono venuta al mondo sfocata, mamma."

3

Quella sera tornando a casa con il reflusso, tipico del post vomito, mi sono fermata in un autogrill e ho comprato brioche calde giustificandomi con la barista, le ho spiegato che stavo andando dai miei otto amici a portare lo spuntino di mezzanotte. Ho esagerato talmente tanto con i dettagli che alla fine mi sono convinta davvero di avere questi amici e di dover portare loro queste brioche farcite. Peccato che arrivata in macchina, ad aspettarmi come al solito, c'era solo la fame.

Divoro tutto, sono inebriata dalla dolcezza che scorre nelle mie vene, ovviamente merito di una passionale glicemia che mi butta giù e su neanche fossi Regan nel film *L'esorcista*.

Riprendo a guidare distratta dal respiro che si è

fatto rumoroso, sono affaticata dal nulla che infarcisce il ventre oltre ogni limite, invade anche il torace e sento fitte fin sopra le spalle che poverine cercano di sollevare tutto il peso dell'anima rotta.

Cerco un'area di sosta, accosto, prendo una delle buste biodegradabili e messe le quattro frecce, inizio a tentare di vomitare. Che schifo! In strada non l'avevo mai fatto, senza acqua per potermi lavare e senza un letto per accogliere subito dopo la mia stanchezza non credevo fosse possibile. Dita in gola, spasmi alla bocca dello stomaco... niente. Non ho bevuto abbastanza e ho divorato cibi solidi quindi come potevo pensare di riuscire a rimettere, sono leggi fisiche! Non posso affidarmi al destino e alle stelle, per questo quando faccio queste stronzate mi odio ancora di più. Finalmente butto fuori, il dolore questa volta l'ho sentito in tutto il suo fragore ma me la sono cercata; qualsiasi bulimica al mondo deve conoscere la giusta dose di liquidi in base a cosa sceglie di ingurgitare e per le più raffinate anche cosa bere... certe volte l'acqua non basta, meglio il latte.

"Ho detto bulimica? Che strano, non mi sono mai chiamata per nome. Questa è la prima volta, non cre-

do che lo rifarò, non mi piace questo nome così poco aggraziato."

Sono alleggerita e adrenalinica nel sentirmi vuota, anche i miei organi festeggiano, si salutano e ognuno torna al suo posto.
"Grazie ragazzi!"
Mi appoggio alla macchina sorridendo, la busta bio nel frattempo, com'è nella sua natura, si è sciolta e il vomito ora è un'enorme chiazza che domina l'asfalto. Essendo anche una pazza igienista non mi sento a posto nel lasciare tutto così sporco. Prendo i pacchetti di fazzoletti che compro sempre dall'ambulante, finalmente servono a qualcosa, cerco di raccogliere la mia "colpa" e gettare tutto nel civilissimo bidoncino già stracolmo di spazzatura di ogni genere. Devo ammettere che anche in questo settore la mia originalità è palese: gli altri gettano involucri, io getto il contenuto in via di digestione.

Arrivata a casa.
"Basta! Ci siamo capite?... B-A-S-T-A!"

4

Oggi inizio il digiuno così potrò riprendere a uscire, vedere i miei amici e vestirmi con altri pantaloni da quelli che indosso.

Avere un armadio negli anni è stato abbastanza complesso, non sono riuscita a trovare un vestito comodo che coprisse questo enorme disagio che ho nei confronti dello stare al mondo. Sono almeno cinque anni che giro con questi pantaloni a vita bassa, di tessuto tecnico, un po' a zampa che mi fanno sentire "normale" perché in fondo è questo che voglio. Per non perdere questa sensazione li lavo la sera e aspetto che siano almeno umidi la mattina per indossarli di nuovo. Sono bulimica anche nei confronti dei miei pantaloni.

"Ecco, l'ho rifatto, mi sono di nuovo chiamata così. Il lessico ha un'anima e manda segnali."

I giorni che seguono sono i giorni della rinascita, mi sento bendisposta e centrata a raggiungere l'obbiettivo dell'astinenza da dita in gola, è importante superare le prime quarantott'ore perché poi appena inizio a sgonfiarmi mi sento una farfalla.

Penso che tutto andrà bene, che riuscirò ad ottenere tutto quello voglio, che troverò un uomo, che sarò madre, che realizzerò i miei desideri e quelli degli altri.

Che fregatura il futuro! Parlo proprio del tempo del verbo, appena lo usi ti rendi conto che stai pronunciando a te stessa parole lontane.

Io vorrei il futuro da far succedere oggi, una specie di "futurente", per questo vomito, per questo ho sempre quella sensazione di "non luogo" dove per scelta ho messo radici.

Esisto solo nelle contraddizioni.

"Ma basta pippe, dai!"

Sono nel mio bar preferito, dove colloco tutto quello che mi piace: creatività, cultura, musica e compagnie di gente che ha deciso di restare insieme per questo viaggio verso il futuro. Ovviamente loro non lo sanno che è una fregatura, hanno facce incuriosite da quello che ancora deve accadere.

Io no.

Mi sono vestita con i soliti pantaloni tecnici neri a zampa e per snellire la figura indosso delle scarpe alte trenta centimetri con gomma a carrarmato che mi ha regalato papà, prese in via del Corso. Sembrano le scarpe per correggere la dismetria degli arti inferiori.

Cerco di sentirmi a mio agio, copio gli altri: come si muovono, quello che fanno, dove si siedono e con chi parlano. Non voglio questo cazzo di alone luminoso che mi rende visibile, io voglio sparire tra tutti... però c'è Quello. Quello mi piace proprio tanto, al punto che se fossi un maschio vorrei essere identico, ha un certo stile e non solo per come si veste.

È fermo davanti al bancone e non mi guarda, tra l'altro sono parecchio d'accordo con lui perché sarebbe un problema se gli piacessi e soffro, felicemente, sapendo che è il motivo per cui mi piace, probabilmente.

Passano le ore, la chiusura è vicina, ci decidiamo

tutti ad andare altrove a finire la serata e Quello senza nemmeno un avanzo del mio strabordante imbarazzo, mi chiede: «Vieni in macchina con me?».

Anche se visibilmente sconvolta, rispondo: «Io? Dove, lavatrice, mare, forchetta?».

Oddio, ma cosa gli ho detto! Sono confusa e devo calmarmi. Allora, facciamo velocemente il punto della situazione: mi sento sgonfia, non ho fatto cazzate, la casa è perfetta, non ho niente da offrirgli perché me lo sono mangiato, ho lo stomaco che brontola quindi… posso concedermi una serata che mi restituisca un po' di pienezza simile alle mie abbuffate. Simile, non proprio identica.

Nello sconforto più totale lo porto a casa mia.

Dentro sono un casino di sensazioni, vorrei sceglierne soltanto una ma sono tutte uscite fuori e rimetterle a posto non è così semplice.

Quello vuole concludere la serata con una sana scopata, io mi farei piuttosto un pacco intero di merendine da otto ma credo che dovrò accontentare lui. Così iniziamo a baciarci, cerco di impedirgli di toccarmi ma lui non sembra della stessa idea, ha due mani ma le mette ovunque e io cerco di controllare tutto. Mentre stiamo per buttarci sul letto come in quelle scene di quei film irritanti dove pure quando va male va bene, io inizio a sentire una certa pesantezza ai piedi... merda le scarpe, cioè gli scarponcini correttivi! Ora come glielo spiego a Quello, come faccio ad anticiparlo e a sfilarmele senza rompergli un ginocchio, un piede, un avambraccio?

Sposto tutte le energie ipercinetiche verso la parte alta del corpo, lo sovrasto, sento la mia faccia che domina la sua, sono certa che Quello sia confuso in questo momento e va bene perché non deve, per nessuna ragione al mondo, riuscire a pensare. Ho bisogno ancora di qualche minuto per slacciare queste zavorre dai piedi cercando di non essere vista. Finalmente sfilo la prima e la seconda con una velocità da pratiche samurai, ma cadendo le due piattaforme di gomma producono un rumore sordo paragonabile solo all'entrata di due ladri che sparano un colpo accidentale scavalcando la finestra della stanza. Lui si spaventa, scatta in piedi e guardando a terra dice: «Le scarpe di Frankenstein!».

...

Sento un fastidioso formicolio alle mani, ho freddo e la lingua è di un materiale che credo possa produrre solo una cosmica figura di merda.

«Che dire? Meglio andare a dormire, anche perché, e te lo dico senza paura ormai, credo di aver messo le mutandine rosse di capodanno comprate non per questo evento ma solo per distrazione all'Ovs, anche dette pizzodemmerda!»

Rido solo io, lui è confusamente in imbarazzo mentre si riveste ed esce dalla porta senza voltarsi. Quello è l'ultima volta che l'ho visto.

5

Resto sola.

"Capirai...!"

Accendo la tv, resetto tutto anche il nome del bar e di chi lo frequenta, tanto non ci metterò più neanche una scarpa correttiva lì dentro, c'è gente troppo ordinaria che non mi fa sentire giusta.

Metto una replica della 98esima puntata de *La prova del cuoco*, devo pensare a qualcosa di bello. Ecco qui il paradiso, una torta Paradiso con pezzettini di cioccolato fondente e zenzero appena sfornata abilmente dalla mia "spacciatrice" preferita che accende subito in me un'idea del mondo a forma di dessert. Piccola réclame, speriamo non mi riporti nel mondo brutto, ecco lo spot che non tradisce, quello della crema gianduiotto. Ricomincia il programma con l'alienante canzoncina *Il gatto puzzolone* neanche il tempo di ascoltarla tutta che Giorgione chef ballicchia sorridendo con in mano delle squisite, cicciottelle polpettine vestite a festa con una stola di guanciale croccante.

Non sono più da nessuna parte, sento solo profumi di ottimismo e il sapore del guanciale croccante in bocca. Corro in cucina per cercare altro amore, ho ancora indosso le mutandine rosse pizzodemmerda e le scarpe di Frankenstein ma nessun giudizio da queste parti, nessuno scappa via.

Il forno mi ammira, i fornelli mi idolatrano, il frigorifero è in stato di avanzata eccitazione e la dispensa è già "venuta". Inizia la festa!

Dimentico tutto, ho davanti la risposta a questa serata così ingiusta ed è farcita al cioccolato... gnam... gnam... brioche! Quattro soltanto ma farò in modo che bastino. Inizio con la prima facendola annegare in un bicchiere di latte freddo, devo masticare minuziosamente altrimenti tra poco vomitare sarà doloroso e quasi impossibile. Cerco di svuotare il barattolo di cioccolato bianco e nero soffocandoci l'altra brioche mentre scaldo l'acqua per il tè, aiuterà tantissimo il finale in bagno.

Sono gonfia, la pelle tira, la faccia è deforme. La fregatura di questa situazione è che si vede, si vede parecchio anche sulla faccia.

Ho un corpo che varia di peso giorno dopo giorno, i liquidi in eccesso agitano l'acqua già esistente nelle cosce soprattutto, è lì che si vede di più. Sono tutta faccia e cosce.

Il viso di quelle come me si riconosce dai tratti. La parte della mascella si allarga, la zona perioculare diventa alta come gli zigomi, segno che il fegato sta bestemmiando pur di farmi smettere. Ho le ghiandole sotto il collo enormi, deturpano il profilo facendogli perdere freschezza, sono già vecchia.

Le cosce invece, assumono un colorito post esposizione al sole delle 14 senza protezione, formicolano e si spostano da terra malvolentieri. Ci parlo, cerco di motivarle: «Cosce? Forza su, un altro passo e siamo arrivate a letto!». Ma loro non rispondono. Hanno le cascate del Niagara sottopelle le mie cosce, e per di più a quanto pare sono pure sorde.

"Faccio cagare!"

Non esistono sinonimi per certe visioni.

Giustifico Quello che è scappato via, secondo me a scopo preventivo, perché se avesse visto la trasformazione finale avrebbe chiamato la scientifica per capire con "cosa" aveva pensato di andare a letto questa notte.

Sono molto depressa, la mia casa è quella di due ora fa, *La prova del cuoco* sorride cibo e felicità ma non mi piace più niente. È tutto così squallido e grigio quando l'amore finisce. Questo, amore.

«Devi accettarlo, è così, non puoi cambiarlo!»

Questa frase l'ho detta mille volte rivolta a chiunque, anche al cibo, o meglio al vomito, o meglio ancora alla mia pratica. Solo a me stessa non l'ho mai ripetuta.

6

Passo i giorni dormendo, bevendo litri di acqua e pesandomi ogni due ore. So benissimo che il problema non sono i chili di tossine accumulate ma il peso dell'anima vuota e proprio non capisco come qualcosa di rarefatto possa trasformarmi concretamente in un essere DIVERSO... da tutti.

Quanto mi fa incazzare questa cosa! Non la volevo l'anima, per di più ipersensibile e furiosa. Merce difettata, me l'avrà rifilata qualcuno in tempo di saldi mentre ero impegnata a nascere.

Riaccendo il cellulare dopo una settimana, esplode di messaggi e notifiche. Mi sento meglio dopo questi sette giorni di ritiro tecnologico-spirituale e penso che sia sano ricominciare a uscire; i miei amici non devono sapere, loro pensano solo che io sia una persona affascinante e misteriosa che ha spesso bisogno di trovare esilio da qualche parte. Quello che li confonde credo sia, inconsapevolmente, il mio rapporto con la tazza del cesso. Quello che li affascina invece, credo sia la mia faccia mutevole tra bellezza e bruttezza passando per la medietà quando sono nel bel mezzo dello sfrattare tossine. Inizio a sgonfiarmi piano piano, ammiccante, seducente, come Sophia Loren con le calze autoreggenti in *Ieri, oggi e domani*. Prima sgonfio una guancia e poi l'altra, subito dopo la zona perioculare, in un solo respiro butto via il doppio mento e così via, fino a farli impazzire.

A me fa tutto, soltanto, schifo... anche il loro non capire o non voler vedere mi fa schifo. Mi dispiace. Lo penso, tantissimo, penso che dovrebbero salvarmi e invece mi guardano vivere e si lasciano sedurre per mancanza di profondità o per paura...

Vado alle loro cene, dove tutti hanno un mondo da raccontare e partecipo con un entusiasmo fin troppo ostentato. Mi ride tutto, rido soprattutto dentro al pensiero di vederli attirati dal mio modo di fare, di muovermi e mentre ho addosso lo sguardo incuriosito di molti, penso che vomiterò presto le loro finte attenzioni.

Io non esisto, non sono quello che vedono, come possono non averlo capito?

"Mi sentite? Sto urlando! STO URLANDO FOR-TISSIMOOOOOOOOOOOOOOOOOOOO!"

Niente. Nessuno si gira perché mi vedono ridere e basta.

Non vogliono che io gli faccia schifo e mi salvano così, credendomi.

Soltanto Doris non lo fa.

7

Lei l'ha voluta conoscere la verità, ha scoperto tutto da sola. Doris ce l'ha fatta ascoltando le urla provenienti dalla mia pancia e i rumori quotidiani della mia pratica: l'acqua sempre aperta in bagno, la musica, il phon acceso a rischio scossa elettrica mortale, i quaranta minuti buoni rinchiusa anche nel suo bagno, l'odore di candeggina appena lo lascio libero.

Credo d'aver pulito moltissimi cessi in questi anni, anche quelli non di mia competenza per capirci. Essere utile e trovare piccoli risvolti positivi, ogni tanto mi aiuta. L'igiene è fondamentale subito dopo, sanifica i sensi di colpa, tipo: "Ho igienizzato i segni e ora posso cancellare il fattaccio". Credo sia molto simile al pensiero di un serial killer che ha appena concluso l'ennesimo omicidio sempre uguale, variando il luogo e la vittima. Pulire, eliminare tutto.

Io legalmente parlando, sono più corretta, uccido serialmente solo me stessa variando soltanto il luogo e sterminando germi cattivi nei bagni pubblici e in quelli degli amici. Doris questo lo sa, il suo bagno brilla per merito mio.

Abbiamo condiviso molto, abbiamo entrambe lottato per la nostra quotidianità su misura. Lei omosessuale, onesta, partita dal nulla e arrivata in alto, del segno del toro come me. Io bulimica, onesta, partita dal nulla e arrivata da qualche parte, del segno del toro come lei.

Doris l'ho sempre sgridata tanto per la sua alimentazione, avrei potuto consigliarle di vomitare ma non augurerei a nessuno questo strazio di matrimonio dita-bocca. Lei lo sa e basta. Avendo pensato che fosse un'idea geniale, sono sicura che avrebbe scelto da sola il vomito al posto dell'indigestione di carboidrati o grassi, ma evidentemente la genialata l'ho vista solo io e lei per fortuna si è salvata. Passa la vita a dichiararmi bellezza eterna, che è più grande dell'amore... la bellezza comprende tutto: lo star bene, l'armonia, la soggettività, la parte positiva del mondo, la creatività, i sogni, la realtà. Non ho mai pensato di fidanzarmi con Doris, avrei perso un'amica valida che è cosa rara da trovare soprattutto se le devi pure vomitare in bagno!

Quando Doris parla con mia madre della situazione si caricano a vicenda di sconforto, una dice all'altra: «Come facciamo?», una chiede all'altra di controllarmi e starmi vicino; non immaginano che anche per questo "faccio la spesa".

Non voglio dire che qualsiasi cosa sia sbagliata, magari c'è un modo perfetto è che io non voglio trovarlo! Nessuno deve trovarlo. Tutto questo accorarsi io non lo capisco e m'incazzo di più quando le sento bisbigliare; dovrebbero farmi sentire le loro terrificanti chiacchierate altrimenti cosa c'è di diverso tra il loro comportamento e il mio? IO occulto il suono della pratica con acqua, musica e phon simulando un momento di puro relax in bagno e loro occultano la paura parlando a voce bassa. Troppo bassa. «Vogliamo aiutarti!» urlano mamma e Doris all'improvviso. No, non è vero, stavo scherzando. Non l'hanno mai urlato.

Una volta credo che mia madre abbia bisbigliato a Doris di aver trovato buste di rifiuti nascoste ovunque nel seminterrato di casa e negli armadi. So bene che farlo è una cazzata, soprattutto quando te ne dimentichi e non puoi fare la caccia al tesoro per ritrovare tutte quelle scatole vuote, pezzi di cibo che proprio non volevano più accontentarmi e scendere nell'affollato stomaco, tantomeno chiedere, ostentando normalità: «Scusa mamma, hai mica trovato quell'enorme sacco di scatole vuote nelle quali prima c'erano almeno tre chili di cibo che ho sterminato di nascosto prima di rimetterlo nel cesso di casa tua?».

Eppure... quando lo dico a voce alta a me non sembra così assurdo. Non è una provocazione, giuro.

8

Vado dal medico per accontentare tutti quelli che non dicono ma sanno. Sperano che lui trovi delle tracce di Lei nelle analisi, perché così almeno sarà responsabilità sua trovare una cura.

"Devo guarire? Ah sì?! E da che cosa? Perché nessuno lo dice chiaramente! Guardate che posso non farlo se voglio, ci sono momenti nei quali sento di poter controllare il 'disturbo' ma ho bisogno di essere felice! Nulla è all'altezza di quei pochi minuti di delirio alimentare."

Mi siedo, il medico tiene le analisi in mano, le scruta, non parla per far crescere ancora di più il mio disagio. Non sa che anche io aspetto finalmente che ci sia, almeno stavolta, qualcosa di grave. Poi all'improvviso sentenzia: «Lei purtroppo è in ottima salute e sottolineo "purtroppo", sa bene il perché».

Lo guardo inespressiva sfidando la sua presunzione, i miei occhi gli comunicano che mi dispiace per lui e non per me.

Mi dice: «Dovrebbe fare volontariato, per vedere chi non può scegliere di stare bene, non come lei».

Continuo a guardarlo, mi fa cagare lui e il suo giudizio poppettaro. Sto per diventare volgare, lo sento.

«Sei un medico o una trasmissione tv del pomeriggio? Come cavolo fai a dire queste stronzate indossando quel cartellino di specialista sopra al camice bianco? Io andrò in Brasile o dove vorrai spedirmi brutto pagliaccio ma tu finirai a fare l'opinionista in tv per qualche spostato di un banalissimo reality, dove nemmeno t'inquadreranno. Sarai per sempre soltanto una voce fuori campo, pure tagliata dal montaggio definitivo del programma. Ti rendi conto? Piangi miserabile! Sarai molto meno di me che sono già il nulla».

Sarebbe stato divertente e liberatorio dirglielo ma non l'ho fatto.

Subito dopo la "sentenza" sull'andare a salvare vite umane migliori della mia, sicuramente più meritevoli, mi ha solamente chiesto: «Come si chiama?».

«BULIMICA DEL CAZZO, scriva pure, ecco come mi chiamo, questi sono il mio nome e cognome.»

Neanche questo gli ho detto. Ho pronunciato infastidita il mio nome, poi mi sono alzata e me ne sono andata nel modo più maleducato che conosco, senza guardarlo in faccia. Mai più rivisto.

9

Ho trovato un altro nome, uno di quelli da riempire con le mie responsabilità, un nome nel quale mettere quello che non deve sporcare il mio.

Elettra sarà "l'altra".

Non lo saprà mai nessuno, è un'identità che serve a me stessa. Grazie a Lei potrò alleggerire l'anima e il corpo da queste maledette azioni compensatorie. Saremo soltanto io e la mia inseparabile Elettra, ovviamente spero di essere quella magra e sgonfia delle due.

10

Continua a chiamarmi un tipo, si è fissato e ha deciso di sopportare tutto quello che la mia maldisposizione combina, anche Questo ha problemi con se stesso perché se io fossi in lui anche soltanto per un quarto d'ora non esiterei trenta secondi a mandare a cagare sia me che Elettra.

Sono scostante, a me basta il pensiero d'averlo e non voglio assolutamente possederlo. Non voglio che Questo mi pensi, non voglio che provi quello che dice di provare, invece si ostina a volermi amare senza comprendere che io sceglierò sempre due dita in gola allo stare con chiunque.

Più gli calpesto l'amore e più Questo fiorisce per me, tipo l'aiuola sotto casa mia.

Ho deciso di vederlo stanotte soltanto perché

non vomito da due settimane, sento di avere in pugno la mia vita anche intesa proprio come "punto vita", che in dotazione era 63 centimetri e ora ne misura 72.

Sono le sei di sera, prendo un barattolo di fanghi termali comprato in offerta al discount, l'unico elemento estetico tra oceani di dolci e cibo già pronto, e mi cospargo queste maledette cosce da calciatore che nonostante l'astinenza restano "tornite" come dice sempre mia madre mentre io le rispondo che sono solo grosse. Chiudo il tutto con il "nostro" cellophane, tipico gergo da chef, inizio a incartare le caviglie e giro, giro, giro, fino ad arrivare al punto vita. Indosso, sopra al "nostro" impacco, una tuta da palombaro che dovrebbe potenziare lo snellimento al punto da farmi sognare un contenitore liquido per raccogliermi tutta, chiaramente una bottiglietta piccola, almeno da bottiglia vorrei essere una 100 ml.

Accendo la tv ma stavolta niente *Prova del cuoco*. Vestita come un dipendente della NASA inizio a fare la cyclette, pedalerò per ottanta minuti non uno di meno così stasera potrò tentare di godermi le coccole senza paranoie dell'ultim'ora. Sudo e brucio, tutto fuorché grassi, brucio e sudo, in tele-visione solo gente che parla mentre io pedalo. Bru-cio e sudo, sudo e brucio. Dopo sessanta minuti un calore sinistro si dirama su tutta la cute e iniziano a bruciare anche le tempie, i capelli, le orbite, i bulbi oculari con capillari esplosi annessi...

"Cazzo, sto evaporando!"

Scendo dalla cyclette, ho le gambe che conti-nuano a pedalare anche stando a terra, mi muo-vo in modo goffo e non riesco più a sbloccare le articolazioni ottenendo l'effetto omino della Lego sempre incazzato perché nessuno gli ha fatto i go-miti.

Mi scarto e dentro il cellophane c'è una pozzan-ghera di cosce evaporate dalla plastica fusa con la mia pelle che nel frattempo è diventata pericolo-samente rossa con vene bluastre in rilievo. Nuda e dolorante entro in vasca, riempita preventivamente con acqua gelida per creare lo shock circolatorio sfrattacelluleadipose... almeno così dicono in giro ma non ricordo dove. Sono tutta blu ora, inizio a pensare di uscire dall'acqua e prepararmi in modo accurato. Non devo sbagliare niente o questa sera dovrò far tornare Elettra e affidare a Lei l'atto consolatorio del quale mi privo da ormai ben due settimane.

Prendo dall'armadio una jumpsuit davvero intrigante, la infilo dai piedi con un certo ottimismo ma arrivata a metà coscia sento un'incredibile resistenza. Insisto con l'altra gamba cercando di pensare che sia la crema maledetta, della quale mi sono cosparsa per squallida vanità, a non agevolare la salita. Mi sdraio, mi accartoccio, non respiro, poi un lampo all'occhio destro e un'idea che viene spedita in diretta alla mente. Non sono andata in bagno oggi, avrò almeno un chilo in più per quello. Corro verso l'armadietto dei medicinali, le mani impazzite cercano al posto della testa e trovano delle supposte di glicerolo che dovrebbero risolvere la situazione.

Inserisco e aspetto. Un lieve tentativo per provare a dimagrire sempre grazie all'ausilio della tazza del cesso, stavolta però da seduta e rivolta verso lo specchio come gran parte degli esseri umani, fatta eccezione per quelli con mali di stagione e IO.

Succede poco e niente.

L'umore vira verso il basso, cerco ancora una soluzione buttando le mie cosce dentro i soliti pantaloni tecnici neri a zampa ma non sono per niente felice, mi sento sconfitta. Incazzata. Due settimane senza e questo è il risultato??? Spaccherei tutto, un po' lo faccio davvero rompendo la lucina da notte e qualche portafoto. Piango e sono già le otto, mancano solo due ore al suo arrivo e io sono già ridotta così. Alla televisione una pubblicità racconta che un cioccolatino asciuga lacrime e porta il principe azzurro, un programma di critica televisiva esamina *La prova del cuoco* e i suoi protagonisti. Sono tutti più felici di me.

Prendo un pezzo di cioccolato fondente al novanta per cento, perché non ingrassa, sento l'amaro in bocca e piango ancora di più. Addento un pezzo di cioccolato fondente al settanta per cento, sento solo che è cioccolato e piango. Addento un pezzo di cioccolato al cinquanta per cento, sento un po' di dolcezza mentre si bloccano le lacrime sul loro davanzale preferito. Addento un pezzo di cioccolato al latte con mandorle dolci tostate a caldo, pralinate e aromatizzate alla cannella, sento che mi viene da ridere mentre le lacrime si seccano sulle guance. Non piango più. Sono alla settima tavoletta di cioccolato, me ne accorgo e comincio a entrare in uno stato confusionale misto a euforia triste e sballo tossico. Vorrei chiamarlo per dirgli di non venire ma ora sono troppo contenta, prendo un barattolone scorta di crema alla nocciola black and white e comincio ad affondarci un enorme cucchiaio, recupero del pane, biscotti, bacon, riso bianco, latte di mandorla, torta al limone, prosciutto crudo, cotto, salame, coca col...

Sono stordita. Provo a ricostruire l'attacco che questa volta non mi ha lasciato scegliere. Ho fatto ginnastica, mi sono lavata, ho provato i vestiti per la serata e poi...... ho mangiato tutta la dispensa, sono tirata, esplodo, non posso aprire a nessuno. Sono le dieci e Questo sta arrivando. Non lo lascio entrare, glielo dico che non mi sento bene oppure spengo tutto e annego nelle mie 6000 chilocalorie senza dare segnali di vita in casa.

Non posso gestire niente in questo momento, ho fatto una cazzata che non ho capito e forse comincio a preoccuparmi per la prima volta da quando la frequento, Elettra. È colpa sua...

"Perché la gestisco? Quando mai l'ho gestita?

Non è Lei che decide tutto da un po' di anni a que-
sta parte?"

Come mi viene in mente di piagnucolare ora!
Devo risolvere un problema pratico. Per fortuna
Questo è in ritardo.

11

Sta suonando ripetutamente al citofono. Il mio cuore batte fortissimo, non sono assolutamente nelle condizioni di farmi vedere, non mi guardo allo specchio neanche da sola figuriamoci se mi lascio scoprire da Questo. Sono nascosta al buio, la casa è silenziosa come me che fatico a respirare e quel poco che il mio ventre mi concede non posso nemmeno esplicitarlo per paura di fare rumore.

Niente. Non molla.

Suona ancora, questa volta alla porta, come abbia fatto a entrare dal portone non si è capito.

Siamo vicini ma lui non lo sa e sta impazzendo, sta suonando tutto quello che ci divide: la porta, il citofono, il telefono, il muro…

Devo semplicemente restare fermissima, tanto la

porta è chiusa e lui a breve spero capirà che deve andarsene perché: «Non ci sonoooooooooo!». Anche se non è vero.

Mi rendo conto che sono passate quasi due ore dall'abbuffata e che sono nella merda. Anzi, nemmeno in quella purtroppo.

Non potrò più vomitare tutto, o almeno non sarà facile, alcune cose saranno già dove non dovevano essere. Saranno troppo in fondo al mio corpo i cibi che ho divorato interi e sarà anche inutile bere perché in questo momento tutto si sarà già separato.

Rumori fuori e dentro la testa, sono in mezzo a questo frastuono e non riesco a decidere cosa fare. Vorrei essere un invertebrato per poter passare sotto la porta e scappare, oppure diventare un paraspifferi inanimato che struscia attaccato alla porta che Questo sta cercando di aprire.

Apro io.

Questo mi guarda, io lo attraverso con lo sguardo e vedo me stessa riflessa sul metallo dell'ascensore dopo l'attacco compensatorio. Ho davvero aperto la porta in queste condizioni?!!?!?!?!?

Sì...

Ho aperto, tutto.

«Lavastoviglie, scala, forbici, salsiccia?»

Oddio no! Chiudo la bocca per non far uscire altro panico verbale. Recupero calma e già che ci sono anche ossigeno, lo lascio parlare.

Mi guarda. Ancora non ha trovato nulla da dire, scruta tutto, sento i suoi occhi ovunque e poi giusto in tempo, prima di prendersi una testata, dice: «Ciao! Cosa succede?».

...

«Niente, succede che mi stai rompendo le ovaie da mezz'ora, suonando come un ossesso, facendomi perdere me stessa e la possibilità di vomitare tutto quello che per colpa di questa merda di incontro ho ingurgitato. Ti sembra sufficiente per andartene a fare in culo?»

Non gliel'ho mai detto.

Ho risposto: «Niente, scusa ho fatto tardi al lavoro e non sono ancora pronta».

La cosa incredibile è che non si è accorto che ha davanti una donna ingravidata da merendine e salame ricoperto di cioccolato pralinato; Questo voleva solo sapere come mai non avessi aperto prima.

È un segnale di profonda consapevolezza dell'insostenibile leggerezza dell'essere oppure è un uomo?

È un uomo.

Si mette comodo e io chiusa in bagno cerco un modo per vomitare, da fuori si sente solo l'acqua del lavandino che scorre per fargli pensare che io mi stia lavando.

Insisto, la pancia si contrae ma non sputa fuori nulla il mio stomaco, la situazione è patetica.

"Io lo sono."

Mi guardo allo specchio perché devo, ho gli occhi fuori dalle orbite tutti venati di rosso che lacrimano calorie in eccesso. Non è risolvibile la situazione, la rabbia è incontenibile, nonostante tutto io devo uscire e risolvere.

Esco dal bagno appena un po' truccata, non riesco a nascondere lo stato d'ansia che mi blocca e che nel vedere Questo bello sdraiato sul mio letto a guardare la televisione esplode in un: «Te ne puoi andare, per favore?» pronunciato con tono di voce basso, trasudando fermezza e normalità.

Questo non ci crede, prima sorride poi lentamente capisce. Ribadisco: «Sono seria!».

Allora si alza, sempre privo di parole, con un'espressione che, pure se non avessi ingurgitato tutta la spesa della settimana dovrei mandarlo via... Lo spingo verso la porta, Questo s'inginocchia e mi chiede di restare, continuo a trascinarlo verso l'uscita ma non molla le mie gambe, anzi, le tiene strette mentre continua a volere spiegazioni.

«È assurdo!» mi dice.

«Certo che lo è!» rispondo.

E finalmente lo sbatto fuori.

Chiudo a doppia mandata, resto al buio, accovacciata dietro alla porta. Mi rendo conto che neanche la posizione che ho scelto è originale, l'ho vista in almeno trecento film, la differenza è che non piango.

È strano non piangere ora, non credo sia sano dopo tutto lo schifo che ho combinato.

Era la cosa giusta da fare. Questo non doveva pensare di... io non potevo credere che... e... era l'unico risultato possibile per questa inquietante operazione. Sempre più convinta che la matematica sia un problema nella mia vita dove i conti non possono tornare.

Corro a indossare una tuta che era di mio padre,

cerco un po' di conforto nella comodità, è strettina anche lei.

«Fa schifo! Tutto mi fa SCHIFO Aaaaaaaaaaaa-aaaaaaaaah!»

Urlo, scalcio a vuoto, prendo a pugni l'aria che ho intorno cercando di colpire Lei che purtroppo è ben nascosta... dentro...

Ora dovranno passare settimane prima di capirci qualcosa e poter finalmente rivedere il mondo.

"Finalmente" non significa niente per me.

12

Sono passati ventuno giorni dall'ultimo fattaccio, sto vivendo abbastanza in asse, bevo solo acqua e mangio talmente bene da annoiare anche la mia bulimia. Ho il pieno controllo.

Il controllo... credo che questa parola sia la peggior controindicazione al mio stato, vuol dire stare in guardia, avere sempre il nervo vivo per piantonare "l'edificio"... il mio corpo. Mi guardo vivere, mangiare, bere, respirare, sorridere, toccare, non c'è niente che non sia sotto controllo.

Il callo sopra la nocca del dito indice, grande marchio di fattura bulimica costruito dalla pelle per difendersi dal morso degli incisivi che ci si poggiano sopra per lasciare le dita libere di muoversi nella gola, sta pian piano scomparendo e con lui anche il bisogno di vomitare ogni tanto.

"Spesso non è ogni tanto, bugiarda!"

Eppure non ci penso quasi più a trasformarmi in Elettra, non sento l'impulso di svaligiare un supermercato per sentirmi invincibile. Sono umana, sono come tutti ma non so dirmi quanto durerà e già questo mi rende diversa. Gli altri non hanno bisogno di chiedersi quanto durerà il loro stato da persone normali.

Ho evitato storie o meglio, ho limonato con tanti e fatto l'amore con nessuno, che poi onestamente è quello che voglio. Darmi con parsimonia, essere desiderata ma non posseduta mi rende per assurdo molto popolare tra gli uomini. Donne molto più risolte di me non hanno il mio stesso successo, probabilmente gli uomini non sono tanto diversi da noi, anche a loro piace da pazzi essere rifiutati.

È quello che più mi tormenta: essere rifiutata e saper rifiutare. Per ora mi viene bene solo allo specchio ma, riesco a trasformare questa forza così dirompente in benessere nei confronti delle mie scelte...

Se soltanto riuscissi a fermarmi mentre sta per

arrivare uno dei miei attacchi forse potrei risolvere e sentirmi abbastanza forte da sfidare l'InFame per sempre.

Dovrei simulare un attacco, guardare la puntata 102 de *La prova del cuoco*, aprire le confezioni di merendine, gelati, mettere a cuocere cibi precotti, poi rendermi conto di tutto e dire: «NO grazie, oggi esco e vedo i miei amici, mia madre, questo, quello, me stessa». Non dovrebbe essere così complicata la faccenda, il solo pensare di poter vincere su Elettra eleva i miei scarsi livelli di serotonina.

Credo proprio che questa volta lo farò, mi metterò alla prova.

Non ho paura di sentire, ho un bisogno disperato di capire cosa mi muove le mani verso la bocca senza passare per il cervello.

Le mani.

Due accessori pieni di dita che, purtroppo per me, uso quasi tutte. Le guardo decidere e costruire piani per continuare a comandare sul resto del corpo. Quale essere umano è comandato per il novanta per cento dalle mani? Ho sempre creduto che l'intestino fosse il secondo cervello, non ho mai pensato che potessero essere le mani il terzo, nel mio caso addirittura il primo a volte.

È pazzesco come questa malattia domini e gestisca: posso essere in un luogo qualunque, avere intorno persone con le quali condividere qualsiasi cosa ma so che solo Elettra sarà la mia consolatoria possibilità. Quello che gli altri, le persone ordinarie, chiamano "fine serata".

La maggior parte delle volte dopo aver passato giorni sereni, capisco che può sembrare una contraddizione ma non sento di poter dire qualcosa di diverso solo per rassicurare me stessa e gli altri. Passo giornate a farmi del bene tra amici, fidanzati che durano come dice un mio amico "mentre se coce er riso", praticamente venti minuti, chiacchiere in locali da persone inserite, tutto bello ma non vedo l'ora che finisca per poter arrivare a casa. Apparecchiare il letto, iniziare il rito sacro pensando che con sorrisi e fatica ce l'ho fatta a sembrare come tutti.

"Quale delle due è la vita vera io ancora non l'ho capito."

13

Sto girando per un aeroporto, devo cercare di lavorare ogni tanto, devo cercare di mimetizzarmi. Ho comprato un libro in uno di quei negozi di passaggio, vorrei che mi distraesse durante il volo. Parla degli attacchi… parla del vuoto… parla del pane che è metafora d'amore. Il cibo è un'ossessione anche per chi non ha il mio problema perché è pop e nessuno lo combatte. C'è sempre una ricetta in agguato dopo un'insospettabile pagina di approfondimento politico o di previsioni astrologiche. Ecco, un'altra cosa che non capisco è perché del mio problema non ne parla mai nessuno, né Branko, né Paolo Fox e nemmeno Brezsny. Tutti ci avvisano di stare attenti alla gola, alle vie respiratorie, alle articolazioni, all'anima gemella ma al vomito mai. Ve lo giuro, mai.

Come categoria "InFame" non mi sento rappresentata, non è giusto che tra tutte queste previsioni il mio problema non lo abbia previsto nessuno. Non è giusto.

Oggi devo avere una faccia, il lavoro la prevede. In questi casi immagino di essere Meryl Streep, come lei cercherò di sembrare languida, gentile, profonda, confusa ma risolta. Non vincerò l'Oscar però e questo mi infastidisce parecchio, detesto pensare alla guarigione come un premio anche perché non sono sicura di voler togliere dalla mia vita la "cosa" verso la quale sono più fedele da sempre. Nessuna storia d'amore nella mia vita è durata quanto questa. InFame.

Arrivo al lavoro sorridente e distesa, divento rossa se qualcuno mi fa un complimento; parlo con un filo di voce come in quei film d'autore dove il più bravo a dire le battute è quello che meno fa capire cosa sta dicendo.

Sono seduta nel mio camerino e aspetto. Mentre mi guardo nel grande specchio cerco i segni della mia dipendenza da succhi gastrici, oggi non si vedono tantissimo, sono circa 72 ore che... «CIAO A TUTTI SONO IO E SONO TRE GIORNI CHE NON VOMITO!», mi faccio un applauso, sono commossa. Devo essere veramente molto disturbata, ogni volta che la mente mi dice la verità mi sento come un regista con la sua attrice mentre cerca di dirigerla, soltanto che io sono entrambi e pure questo è strano.

Sono vestita con un tailleur grigio comprato in un negozio dove vado sempre sperando di infilarmi una taglia 27 invece esco sempre con una 32, gonfia. Mistero...

"Ma quale mistero! Eddai, almeno a te stessa dilla la verità, hai digerito per tutti gli abitanti del tuo quartiere e quella taglia è la tua sconfitta vestita."

Sotto la giacca non indosso nulla, mi sembrava giovanile almeno il nude look, le scarpe invece... su quelle non vinco mai.

"Ma non sarà il negozio di via del Corso il problema? In effetti è lo stesso dove mio padre aveva comprato le famose scarpe di Frankenstein!"

Ho ai piedi due enormi décolleté con plateau base bianca con cielo grigio nuvoloso, lucide. Potrei andare anche in un night club dove sicuramente qualche mia "collega" mi direbbe: «WOW! Scarpe TOP» peccato che qui nel regno della tv impegnata non siano certo tra le prime cose da mostrare... le tette sarebbero più apprezzate. Le mie tette meriterebbero un racconto a puntate ma non credo che lo scriverò, sono in continua evoinvoluzione, praticamente vanno e vengono, per loro come per altre parti del mio corpo vale la stessa frase: «Questa casa non è un albergo!». O vai o resti per sempre!

Mi chiamano, devo andare. Negli anni sono diventata anche un'ospite e mi mette a disagio essere un'ospite perché io non so stare a casa mia figuriamoci in quella degli altri...

Mi chiamo Ambra ma questo non è importante e non lo sarà.

14

Fin dai primi diari, le mie memorie brevi, non c'è traccia di qualcuno che resti. Nessuno, comprato il posto "in sala", lo vuole occupare per sempre che poi a me basterebbe anche per semp rinuncerei comunque a qualcosa ma tanto io non decido niente.

Amo tutti, non riesco a slegarmi da nessuno. L'altra sera mi è scappata in cuffia *La solitudine* di Laura Pausini, all'inizio uno strano tremolio oculare mi ha fatto pensare alla stanchezza. Pochi secondi dopo mi sono ritrovata a terra, buttata sul parquet nella stessa posizione di Cenerentola sul tronco d'albero in giardino dopo il TSO (trattamento sorellastre obbligatorio), a piangere disperata. Ovviamente, non piangevo per me o per la mia situazione ma per Oscar, il mio fidanzatino platonico delle elementari che per cinque anni mi aveva fatto credere, attraverso bigliettini e classifiche di bellezza, che la sua preferita fosse Amalia; lei era la secchiona che leggeva le novelle del giorno per conto di suor Lucilla e che anche sul registro per una maledetta lettera veniva prima di me: AmAlia - AmBra.

Amalia era seduta vicino a Oscar e dava per scontato che l'avrebbe sposato. Erano cinque anni che nelle selezioni per le recite di Natale capitava sempre a lei il ruolo della Madonna e a Oscar quello di san Giuseppe. A me restava sempre il terzo bigliettino con su scritto «Angelo dell'Annunciazione», ovvero, colui che annuncia ai due che avrebbero avuto un figlio per conto di Dio. Cinque lunghi anni ad annunziare, vestita con ali e tunica, danzando e cantando una canzone che mi aveva insegnato suor Crocifissa, fino ad arrivare alla capanna dove, stretti il giusto per non morire di freddo, c'erano Amalia, Oscar e il bue e l'asinello che aveva costruito mio zio con la cartapesta per donarli alle suore.

Eppure... il giorno della resa dei conti, dell'esame di quinta elementare, mentre tutti erano tesi per il tema da svolgere, Oscar si dannava per un biglietto che non era riuscito a consegnarmi. Avevo la varicella ed ero stata messa a scrivere, con altri appestati, in palestra.

L'esame e il tempo scaduto delle elementari, finalmente vestirono Oscar d'azzurro. Al suono della campanella, fugone di bambini verso l'uscita, tsunami sonoro e io ferma nel reparto appestati con bolle infette ad aspettare la desertificazione prima di poter riabbracciare i nostri cari.

Rientro in aula giusto per recuperare velocemente i resti degli ultimi cinque anni della mia vita elementare, guardo il mio banco, quello a destra in terza fila vicino alla finestra ma sotto al termosifone, e noto un bigliettino. Lo apro subito e leggo: «TI VUOI FIDANZARE CON ME. Rispondi SÌ oppure NO. Tuo, Oscar».

Il fatto che non ci fosse il punto interrogativo mi fece ridere per giorni. Oscar era un genio, ma ormai era troppo tardi.

Da quella esperienza ho capito che il tempo – nome comune di cosa – concreto, maschile, singolare, per essere davvero come da definizione linguistica dovrebbe essere declinato al femminile e quindi chiamarsi tempa, ovvero: «Oscar non puoi metterci cinque anni per lasciare Amalia e pensare di metterti con me!».

Le situazioni a lungo termine nella mia vita sono solo quelle sospese.

Il "per sempre" che bramano tutti, per me, è evidentemente sempre stato monitorato attraverso delle anomalie: persone ordinarie, ex, molto ex, amiche bisbiglianti, vuoti, vomito. A me non dà noia questa parola in coda alle altre, mi fa schifo che è diverso. Quando la vedo nelle liste dei miei affetti, senza troppo giudicarla... mi metto a pulire il bagno.

Il bagno pulito è per sempre.

Non sarà un posto ambito, poche persone capiscono quanto si veda di loro in quel luogo superficialmente solo pensato per espletare funzioni fisiologiche.

L'ultima volta che ci sono entrata, più o meno un quarto d'ora fa, ho pensato che dovevo stare bene, mi sono messa a ricordare tutte le cose buone che ho fatto e intanto mi preparavo. Truccarmi bene, curare il corpo, rivestirlo di oli e creme, mi concede qualche giorno di vacanza dalla mia pratica quotidiana. La sensazione di essere "a posto" mi tiene come imballata nel cellophane, come un prodotto nuovo non ancora utilizzato che mantiene quel fascino del dove, come e quando verrà aperto. Lo stesso vale per me stessa.

In questi giorni ho ricominciato il ramadan. Mangio e digiuno e più digiuno e più sento che sto andando bene. Le mie cosciotte si stanno assottigliando, la faccia sta tornando la mia tanto che la gente mi dice in continuazione che sto bene. Sembro di nuovo io.

Credo che la bulimia abbia un aspetto, come quelle donne tutte rifatte o come le cinesine che un po' si assomigliano tutte, anche "noi" ci assomigliamo.

Una bulimica la riconoscerei tra mille.

La questione è che non riconoscerei me tra mille.

15

IO VOGLIO GUARIRE.

16

Nei mesi che seguono riesco ad arrivare alla meta dei 58 chili dai 65 che ero. Assomiglio un po' di più agli altri. Controllo ancora tutto, soprattutto le calorie che mastico.

Mi siedo a tavola con amici, parenti, mangio serena e non vado in bagno. Non ci vado in generale, neanche quando dovrei. Credo che la stitichezza sia arrivata in mio aiuto, mi lascia quel senso di pienezza dentro, quella che io non avverto mai e che mi tormenta proprio al centro della pancia.

La PANCIA è il mio cervello? È il mio cuore? Nella mia testa ci sono solo scimmiette con piattini e criceti che girano nella ruota quindi spero davvero che la mia materia grigia sia stata messa lì. Se fosse così si spiegherebbe meglio questa scomoda vita appoggiata su un diaframma troppo fragile per sostenerla tutta.

La mia pancia, con tutti i suoi abitanti, pensa, ama, si addolora e probabilmente reagisce nell'unico modo che conosce: chiedere. Lei InFame non si placa, vuole ancora e io ho solo il cibo da darle. Sono in collera con me stessa quando la accontento e appena Lei si sente piena e io incazzata come un puma, la svuoto.

17

Non vomito da sei mesi. Non ho potuto condividere questo traguardo con nessuno perché ho sempre vissuto col velo davanti, un pezzo di stoffa pregiata che regala trasparenze ma non definisce.

Ho un bel sorriso ultimamente, non ha il sapore acido e non crea sapore amaro in bocca e altrove.

Sto andando a lavorare, in radio. Da quando sto qui mi sento più solida, il mezzo riesce a nascondermi e non mi forza verso quello che mi mette a disagio. Per essere più precisi: "la confezione".

Stiamo per partire con un programma tutto nuovo ancora da scrivere, mi sento così viva. Lavoro con tante persone che non sanno molto di me e di che cosa sto domando, da che razza di belva mi sto liberando e questo mi piace.

Genera più interesse chi tiene sempre qualcosa per sé, chi non dice proprio tutto tutto... anche se io dico abbastanza.

Le cose più significative le urlo addirittura ma talmente da un posto dentro, troppo dentro, che ormai non arrivano abbastanza fuori. Fuori arriva un sussurro e con il traffico di Roma o la musica a palla, è difficile che si percepisca un urlo sussurrato.

"Dovrei dargli un po' di vantaggio al mio urlare, farlo partire almeno dal petto che comunque è un bel posto che protegge il cuore. Ecco, per una volta potrei chiedere al cuore di urlare per me?"

No, non va bene, è un pensiero troppo benevolo, quasi un inizio di guarigione, che infatti non penserò più.

C'è un ragazzo qui, un 1978, che mi piace, io a lui pure. Me ne accorgo dal tempo che mi dedica, quindi anche oggi devo solo evitare che si avvicini.

Sono vomitoesente soltanto da pochi mesi e rischiare l'equilibrio per uno che "mi dedica del tempo" non è concesso.

Le dita le ho sempre con me ma non vorrei farle tornare in gita a tracheacity.

"Ognuno al suo posto chiaro??? Non facciamo scherzi! L'esterno si comporti come tale e viceversa."

L'InFame sta dormendo, forse.

18

Mi sento stranamente bellissima.

Se resta così sarà tutto perfetto.

Mentre stiamo lavorando ai testi del programma, il 1978 non smette di guardarmi.

Alzo lo sguardo, ammicco ancora un po', rido senza motivo ed ecco che all'improvviso... negli occhi vedo scorrere quei film con Gianni Morandi o Nino D'Angelo; il rallenty sulla sabbia e lui che canta, io tutta vestita di bianco che ho appena rifiutato il matrimonio combinato dalla mia perfida madre, per amor suo...

«Tuuuuuu quindicianne maaaa si ggià donna, anche se piccola d'età.»

Canto improvvisamente a voce alta.

1978 non capisce bene ma sorride, grazie a Dio.

Mi succede sempre! Sul finale della mia allucinazione, canto a squarciagola ignorando che nessuno ha visto come me Nino D'Angelo.

Non è colpa della bulimia, il vedere Nino come un trailer perpetuo, è colpa di mia sorella Barbara. Mi ha rincoglionito di musicarelli quando ero piccola. La nostra cameretta era divisa per tre: io con letto singolo condiviso con mio fratello, lei con letto singolo… incondivisibile. Andrea non c'era mai il pomeriggio e io e lei dovevamo convivere, ovvero, io accettavo le sue abitudini e lei no.

Non le ho mai detto quanto non sopportavo il suo entusiasmo davanti a queste storie d'amore. Nino D'Angelo era il suo preferito. Verso il finale del film, sempre con grande trasporto si alzava dal letto e durante l'attimo in cui la storia ci faceva capire che si sarebbero amati per sempre, proprio durante la corsa a rallenty sulla spiaggia, lei si tirava su e cominciava a saltare sul posto, urlando: «Dai! Dai! Dai!»…

Io, già così matura "anche se piccola d'età" (visto che parlo ancora citando le canzoni di Nino ?!?!) sentivo un profondo imbarazzo per lei, avrei voluto dirlo a mamma e papà ma sapevo che non c'era nulla da fare. Perché concedere un tale irrisolvibile dolore anche al resto della mia famiglia????? Così... ho tenuto questo segreto per sempre.

Barbara è la sorella che tutti vorrebbero avere, soprattutto gli altri! Con me era amorevole e perfida, l'alternarsi era frequente e repentino, spesso questi due stati s'incontravano e generavano un qualcosa di indefinibile.

Avevamo un cane, o meglio lei lo aveva voluto, un pastore tedesco d'appartamento che si chiamava Buc. Le uniche regole ben definite da mio padre riguardavano i suoi bisogni: «Il cane è uno di noi e per questo non può fare la cacca dove anche voi non la fareste, per esempio in balcone».

Puntualmente Buc regalava i suoi fumanti, enormi bisognini verso le 18, orario in cui a mia sorella non faceva comodo scendere, quindi il povero Buc era costretto a defecare dove nessuno di noi l'avrebbe fatto. I balconi delle case popolari non sono come gli altri, hanno la particolarità di essere proprio dentro il salotto del tuo vicino, tanto vicino. Così dopo aver aromatizzato il quarto piano e noi e loro, Buc rientrava da lei che aveva occhi a cuore solo per il film tv con Little Tony. Il cane mortificato più dal vederla saltellare al ritmo di *Cuore Matto* che per il suo bisognino fumante, tentava di segnalare il fattaccio ma lei di uscire in balcone per ripulire la regola trasgredita semplicemente non ne aveva voglia, tanto aveva il suo mefistofelico jolly in mano. Dopo avermi mandato a giocare dalla mia amica Mariella due pianerottoli sotto, mi attendeva. Io alle 18.30 puntualissima, suonavo al campanello e appena aperta la porta di casa, con tono beffardo diceva: «Bentornata! Ora vai in balcone a pulire la cacca di Buc altrimenti alle 19 dirò a mamma e papà che sei stata da Mariella a giocare». Terrorizzata da un reato che non avevo commesso, andavo in balcone e pulivo. Solo una piccola lucina nel mio cervello aveva il coraggio di pensare a voce alta: "Ma che sto a fa'! Me l'ha detto lei che potevo andare perché voleva saltare sul letto vedendo il nuovo film di Little Tony!".

Alle 19 arrivavano mamma e papà e anche se avevo pulito delle enormi cacche immeritatamente, sul mio volto c'era lo sguardo viscido e implorante che attraverso la forza della mente chiedeva a Barbara:

"Ti prego non dire niente del niente che ho fatto, per favore!".

Infanzia di pensieri già perversi che evidentemente non hanno dovuto lavorare molto per aggravarsi.

Sento uno strano formicolio, intorpidimento alle sinapsi, bocca secca e rigo di bava al lato sinistro delle labbra. Devo aver riposato un po' sulla scrivania, sì ma, di quale posto? Sono a casa e devo ancora vomitare? E soprattutto, chi c'è davanti a m... cazzo! Sono in radio.

Il 1978 mi guarda ancora fisso... poi...

«Visto che hai già schiacciato un pisolino, ti va se ci vediamo da me stasera?» dice.

Io ho già fame.

19

Armadio aperto *"Cosa cazzo stai pensando di fare???"*, vestiti tanti ma giusto nessuno. Prendo una tutina nera molto sexy, *"Forse, mangio qualcosa, magari una barretta?"* la provo, mi sta bene, la sento comoda e non aderente dove potrebbe diventare un problema *"Mangio un pezzetto di cioccolato?"*. Mi trucco, il viso in questo periodo è decisamente sgonfio, nessuna traccia della mascella da Goldrake e delle ghiandole linfatiche più fuori che dentro *"Sì dai, mangio una scatoletta di tonno"*. Sciolgo i capelli appena lavati, sono profumati e bellissimi *"Mangio una merendina, magari anche tre?"*, sta per uscire di casa tutta la mia sicurezza, io la seguo *"Mangio un gelato biscotto"*.

Entro in ascensore, sono talmente luminosa che i tasti brillano, schiaccio lo zero e mi giro verso lo specchio, quello stesso specchio che di solito assiste alle mie trasformazioni. Non parla, non dice cose come "Sei la più bella del reame!" non vuole mentire. Al suo mestiere ci tiene e come tanti che non possono reagire al loro capo, sta zitto.

Che mi è successo? Ho la pancia! E i miei piedi? Hanno ingoiato i sandali, due pagnotte rosse e poco femminili. Il gonfiore si sta estendendo ovunque, ora anche alle mani. Non sono le mie, giuro di non aver preso queste dall'armadio, sono sicuramente di un'altra con problemi al microcircolo, problemi seri.

Come i miei.

Sono chiusa in ascensore e vorrei solo poter schiacciare un tasto per andarmene via, lontanissimo, farmi inghiottire con tutta la cabina da un buco nero, essere ritrovata da una popolazione evoluta marziana che abbia già superato il problema della fame. Di "fame nel mondo" ne ho già sentito parlare purtroppo ed è anche colpa mia visto quello che spreco nei cessi di tutta Italia, di "fame nello spazio" invece io non ne ho mai sentito parlare.

Quindi? Perché questo ascensore arriva solo fino al quinto piano e non ha il tasto salvezza "Buco nero"?

«Allanimadelimejomortaccisua!»

Modo di dire abbastanza romano, gravemente offensivo molto ambito da me e i miei piccoli amici novenni. Era La Parolaccia, quella che non si poteva dire ma soltanto sentire dagli adulti più incazzati. Dirla significava essere di diritto grandi, cafoni ma grandi... Pur di avvicinarci a questo modo di offendere, usavamo molto: "Mortacci stracci" oppure l'intrigante "Li mortacci de' Pippo" che era molto simile all'originale ma avendo "Pippo" un valore generico si poteva osare. Mia madre un giorno, anzi quel giorno, mi disse: «Ora puoi, se proprio devi; ma ricordati di non dirlo mai alle persone con parenti morti, meglio se inizi a usarla contro gli spigoli dei tavoli, l'ascensore, la pioggia, il freddo, le automobili... ».

«ALLANIMADELIMEJOMORTACCIDEPIP-PO!» era il 1990... la mia prima, quasi, volta perché per sicurezza io "Pippo" ce l'ho sempre messo.

Torno in casa e piango. Sì, questa volta mi sento davvero persa. Non l'ho voluto, è successo che neanche me ne sono accorta e non credo questo sia un buon segnale. Apro l'acqua in bagno e vomito piangendo. Il liquido acre che esce dal mio stomaco si mischia con il mare dagli occhi e proprio come lui è infinito. Scorre tutto. L'acqua della terra, l'acqua dello stomaco, l'acqua dai miei occhi... l'acqua dalle mie ferite ormai senza sangue. Liquidi a perdere, purtroppo. Svuoto sempre ma non riempio mai; eppure a me sembra di perdere amore anche dagli occhi. Credo che resterò sola, per sempre. Io e Lei.

Alle 23,30... ho finito... tutto.

Stomaco vuoto ma furibondo, l'insulina in eccesso è peggio di un uomo al semaforo che dietro di te suona appena scatta il verde, ti fa salire tutta la rabbia del mondo... meno male che sono sola almeno non posso che auto mandarmi a fare in culo.

Guardo il cellulare che intanto ha accumulato svariate chiamate del maschio 1978. Che faccio? Lo richiamo, e se ancora mi vuole vado a casa sua.
Fatto.

Entro timidissima nel suo portone, ovviamente salgo al sesto piano facendo le scale così magari nel frattempo mi sgonfio.

"Posso credere a questa cosa senza sentirmi una psicopatica?"

Wonder Woman con una giravolta era in body con un mantellino sulle spalle e dei complicati calzari rossi tutti allacciati e io non posso illudermi di sgonfiarmi con sei piani a piedi????

Tento una giravolta mentre sono in prossimità del suo pianerottolo. Funziona. Sono a posto, la mia pancia bofonchia qualcosa per attirare l'attenzione, il suono che fa non mi dispiace; per lei questa non è una nota intonata è un lamento, per me è musica. Siamo incompatibili eppure congiunte.

Entro finalmente in casa sua. C'è una festa, tante persone che chiacchierano sul terrazzo divertite e parecchio a loro agio. 1978 è inspiegabilmente sollevato nel vedermi e già questo mi irrita. Come può non accorgersi dello scarto alimentare che ha davanti? Insostenibile leggerezza dell'essere? No, anche 1978 è un uomo.

È già l'una e la noia è la cosa più interessante della serata. Hanno tutti bevuto e fumato, si divertono tra di loro ridendo a momenti alterni e sbagliando i tempi l'uno con l'altro ma nella pace "fattissima" non se ne accorgono. Io sì.

Mi passano l'ennesima canna e per l'ennesima volta dico: «Già fatto, grazie»...

Che cazzata! Sono ridicola a sperare che loro ci credano.

È talmente palese quanto sono fuori dalla loro "coda". Si vede, mi si legge ovunque.

Penso che nella vita ognuno di noi sia in coda per arrivare da qualche parte oppure tutti dalla stessa, nessuno sa bene dove, ma sappiamo che siamo in coda. Davanti a noi c'è qualcuno e anche dietro. Come quando arrivi in Posta e prendi il numero che erroneamente si chiama "Eliminacode" ma che in realtà dovrebbe chiamarsi "Confermacode". Quando entri in Posta scegli il tuo sportello con le mani che scottano per il nervoso intorno a te palle e ovaie fumanti, quello che ti salva è che sai il motivo per cui stai facendo quella coda: si chiama "multa" o "bolletta" o "abbonamento", tu lo sai, tutti gli altri lo sanno.

La coda della vita è un'altra cosa e te ne accorgi di più quando sei infelice perché comici a farti delle domande e a guardare gli altri con inspiegabile insofferenza. Tu sei insofferente. Finché in questo limbo di persone tutte un po' infelici o scontente, hai il coraggio di spostarti e chiedere a quello avanti a te: «Scusi? Dove si arriva facendo questa coda? Glielo chiedo perché sono ventun anni che aspetto infelicemente di capirci qualcosa che non me lo ricordo più il motivo!... Dobbiamo stare tutti qui con queste facce perché? Per amore? Per destino? Per la salute? Per il lavoro? Per tornare da dove siamo venuti prima di essere richiesti dai rispettivi genitori????».

Il più sveglio tra tutti, quello davanti, risponde fulmineo: «Boh! Bisogna sta' in coda e fassela passa'! Ma no avanti a me furba, tu intanto resta dietro ndo' stavi, cerca de mischiatte co' a gente normale e nun ce provà più!»

«Me ne vado, hai capito? E non torno mai più. Io ho il coraggio di sfilarmi e rimanere sola. Poi arriveranno persone come me e ci metteremo in "coda" ma sapendo prima per che cosa stiamo aspettando, per che cosa stiamo piangendo o ridendo.»

È questo, forse, il vero problema. Io non sono

come tutti, non sono una fuoriclasse ma una fuori-coda. Per questo ho fame.

"Ma che palle. Non sarebbe più facile tornare dentro e partecipare alla festa? E basta pippe! Rientra e mimetizzati, è un ordine!"

Respiro a pieni polmoni, dietro c'è 1978 e i suoi amici che muovono i loro corpi a fuori tempo di musica, brutta tra l'altro. Mi sento tutta intorpidita, respiro ancora a pieni polmoni perché anche se ho fin troppa aria dentro, la sensazione è che manchi…

Il cuore c'è ma da come batte sembra che voglia scappare via, la bocca pure ha perso le sue funzioni e in particolar modo la saliva, i denti sotto anestesia e un senso diffuso di gonfiore invisibile dall'esterno. Anche i denti ti sembrano gonfi quando sei "fatta per interposta persona".

Credo di aver inalato, facendo quello che mi sembrava lecito, ovvero prendere una banalissima boccata d'aria, una fumata di "maria" e altre droghe leggere (leggere un cazzo).

Ora sto peggio del mio solito peggio. Potevo continuare a piangere il mio disagio a casa e invece: «Oddio! Vergine del Campo! Ma… cosa? Dico?

Siete? No ovvio, tu chi sei? Allora fontanella smolecolata ma… cosa?!?».

Chi è chi e soprattutto chi sono io per stare qui in mezzo con il solito attacco di panico verbale?

Ora dico a tutti che sto morendo, urlo e me ne frego visto che anche loro non sembrano proprio… stare dove stanno. Ora lo faccio, prima magari svengo e poi… «Se ne preoccuperanno loro del mio corpo!»… dico con voce nasale ma sostenuta. Molto sostenuta.

Tutti si voltano, ho i loro occhi addosso ma questa volta mi sembrano più inconsapevoli del mio nome e molto più interessati a quello che dico e faccio. Sono attraente come uno schermo tv per le zanzare.

Il livello è tanto alto da superarmi in altezza.

Una ragazza finalmente spezza l'aria da "Villaggio dei Dannati" e dice: «Te senti bene Ambré?».

Buio.

A questo punto credo di essere svenuta davvero e l'unica cosa che ricordo, a parte il codice bianco al Pronto Soccorso e le battute dell'infermiere che mi tratta come una tossica, è che ce l'avevo quasi fatta a mimetizzarmi… LA RAGAZZA MI AVEVA CHIAMATO "AMBRÉ". Ero finalmente parte di un gruppo, nessuno ti chiama così se non sei una di famiglia.

Solo mio padre prima di lei, per dire.

20

Lui e le sue regole, i suoi modi di dire le cose. Papà è l'unico su questo pianeta ad aver trasformato le parolacce in espressioni colorite che generano simpatia. L'unico al mondo a poter dire "Allanimadelimejomortaccisua" senza offendere, una capacità straordinaria che nessuno di noi ha mai avuto. Lo dice spesso, come un intercalare, ma utilizzando un suono che azzera l'offesa; gli succede con tutte le parolacce in generale.

Da lui ho preso tutto il lato "estremo" della vita, le avventure.

Ogni anno in famiglia c'era la tradizione di organizzare una gita fuoriporta. Tutti prendevano solo il necessario per la gita, io desideravo solo rivedere la mia cameretta. Arrivati nel luogo scelto, la frase era sempre la stessa: «Vieni amore de' papà che te porto a vedè le cascate». Guardavo mia madre, le perle di sudore come brillantini sulla fronte e nella zona baffetti, lei mi riguardava e mentre cercava la cosa giusta da dire, io e mio padre eravamo già sul primo tronco d'albero usato come fune per attraversare le fredde, gelide, acque del fiume che già avevano accolto il mio sedere e mezzo corpo di mio padre.

Il primo guaio capitava dopo circa otto minuti dalla partenza. Il secondo guaio era sempre lo stesso: «Nun te preoccupà a papà che nun se semo persi, dovemo guadà er fiume che ce riporta da tu' madre e dai tu' fratelli».

Alle ore 20 quando ormai avevo perso ogni speranza, delle voci lontane che urlavano il mio nome pieno di umidità, come me del resto, mi regalavano vampate di calore e serotonina. Alle 20.30 ero di nuovo tra le braccia calde e incazzate di mia madre. Calde per me, incazzate per mio padre.

Non mi sono mai chiesta se anche lui sapeva quello che sapeva mia madre che sapevano i miei amici e che sapevo pure io che però avrei voluto essere tra loro a parlare di me e non essere me.

Sì, Sì, Sì e Sì... datemi una B, datemi una U, datemi una L, datemi una I... B U L I M I C A!

"Non ci vuole molto a dirlo papà... ci vuole di più a diventarlo, infinitamente di più ad esserlo."

Mio padre non avrebbe avuto alcuna paura della mia diversità se questo lato distintivo fosse stato, per esempio, legato all'omosessualità. Quando parla dei miei amici a indirizzo rainbow, dice: «Ambré com'è che se chiama quer tuo amico tanto gentile?». Gentile. Bello lui...

Il suo cuore aveva scippato la tecnica in versi a un poeta e batteva solo per mia madre in modo "Prevértiano"... Grandi lettere d'amore e molte rime per comunicare tutto il suo sentimento. Per la mia di situazione invece, nessuna rima.

La bulimia non sarà mai come la luna o le stelle, non ispirerà mai nessuno. Nemmeno mio padre.

Il nostro silenzio è il più affamato di tutti, il mio nei suoi confronti e il suo nei miei.

"Del resto, che cosa poteva fare? Dirmi quello che neanche volevo sentire? Dirmi che sono bella così?

Che poi... così come?

Bravo papà, meglio non rischiare."

Peccato non l'abbia fatto. Io volevo solo essere sgridata senza attenuanti per aver commesso il fatto.

Io, l'InFame non l'ho mai portata a pranzo e a cena con mio padre e questo l'ha sempre apprezzato. Vedermi gonfia e sgonfia un po' meno. Qualche orrida gaffe sul mio peso corporeo l'ha fatta, ora che ci penso, ma non per ferirmi.

Il problema è che io ero già stata ferita. Non poteva saperlo però, ne abbiamo parlato soltanto silenziosamente.

Anzi.

Posso dire che con lui il fatto di non dover sempre "risolvere il problema" mi restituiva un certo respiro. Così, mentre tutti volevano salvarmi, mio padre almeno non peggiorava le cose. Il suo silenzio l'ha fatto. Non avrei mai voluto doverlo svezzare con un argomento così scomodo per un uomo con quei valori e con quelle certezze.

"Chi sono io per buttargli giù l'edificio? Sua figlia? Non basta…"

Non gli ho mai dato colpe o creduto a quelle storie da analisti del rapporto con il padre-cibo, io sarei diventata così anche se fossi nata da un ornitorinco.

21

Ormai vivo nella consapevolezza che digiunare sia la cosa migliore. Il digiuno d'amore mi protegge dalle abbuffate alimentari, meno sento e meno sbaglio, meno mi concedo e meno mi sento in colpa. Non ho più voglia di specchiarmi nell'acqua putrida di qualsiasi cesso, non voglio che quella pozza sia l'unico luogo dove poter vedere la mia vera faccia. Non me lo merito.

Vorrei che ci fosse un'applicazione che spieghi a tutti cosa si prova, salvandomi da quelle storielle secondo le quali sarei diventata bulimica per essere come le magrissime modelle delle pubblicità. Con una App impari anche il cinese, non vedo perché non si dovrebbe imparare cosa vuol dire essere come me.

Attraverso un avatar si potrebbero fare dei test pratici di disagio e a seconda del livello raggiunto, vederlo correre in cucina a sfondarsi di cibo e poi doverlo accompagnare in un cesso scelto dall'App dove si deve riuscire a rimettere tutto senza farsi beccare, altrimenti si perde.

"Dovrei trattenere almeno le stronzate che penso e non vomitare fuori pure quelle, non hanno chilocalorie e posso digerirle con serenità."

Perché le calorie sono così importanti per me? Allora è vero quello che cerco di smentire, hanno ragione tutti quelli che minimizzano. Tutto questo delirio soltanto perché vorrei essere magra come le modelle dei cartelloni pubblicitari in strada o sui giornali? Tutte queste persone coinvolte, i problemi strutturali, i rapporti con gli uomini, la pancia e il vuoto che sento, tutto risolto passando da una taglia 44 a una taglia 38? Che squallida lotta tra il male e il mio male!

A rifletterci meglio però, è talmente una cazzata che quasi quasi preferisco continuare a vederla più complicata.

Mi è chiaro che devo tenere le sinapsi ben strette alle mie superpippe mentali per evitare l'umiliazione più grande. Sul referto dell'autopsia, dopo un involontario suicidio, non vorrei dover mai leggere: «Arrivata priva di battito, con pancia dilatata pari a nove mesi di gestazione ma non gravida come in prima anamnesi. Il suo stomaco conteneva carne, uova, funghi, carote, un cavolfiore intero, pane di segale sciapo, dieci pesche noci a polpa bianca, quattro pere, due mele Golden, quattro banane mature, un barattolo di crema nera Gianduiotta, susine, uova strapazzate, latte, uva e sei gelati biscotto riconducibili per tipologia del materiale ritrovato, al Cucciolone. Donna, razza caucasica, capelli castano scuro, occhi marrone scuro, dentatura con protesi causa corrosione da succhi gastrici, altezza 1,75 e peso 70 kg... lordi. Corporatura robusta, taglia 44».

"Eh no! Va bene tutto ma taglia 44, corporatura robusta ci sarà tua sorella!"

...però da morta non leggerò un bel niente e non mi sentirà nessuno, quindi lascerò detto soltanto che sulla lapide dovranno scrivere: «Vorrei... ma non posso!». (Carattere Times New Roman, 14.) Grazie.

Perché vorrei sì! Soprattutto vorrei una seconda

vita, anche usata, seminuova, a chilometri zero... va bene lo stesso non importa.

Sono nella mia pancia da ventiquattro anni, credo sia giusto nascere a questo punto. Devo provare a "starci fuori" perché a starci dentro sono bravi tutti. Io soprattutto.

Mentre eccitata penso al lieto autoevento, fluttuo, faccio ancora un paio di capriole, schiaccio il mio cordone ombelicale usandolo come antistress per cercare, questa volta, di nascere già meno stressata della volta precedente.

Tanto a me il dolore non fa paura, lo conosco bene.

Respiro a tratti, sudo; in realtà fa malissimo, forse troppo anche per me. Resisto. Sono in posizione pronta per sgravare. Eh sì, perché un bambino normale lo partorirei... io invece devo proprio sgravarmi. Devo alleggerirmi, sollevarmi da ogni responsabilità, stare in quello che ho e che ho soltanto dimenticato.

Sto chiedendo l'elemosina fuori dal mio "castello" perché ho rimosso che dentro quel posto ci vivo io e non Lei. Mendico un luogo caldo e sicuro senza ricordare che ce l'ho, che basterebbe riprendermelo.

Non dovrebbe essere così difficile. È un'utopia pensare di poter sfrattare qualcuno così all'improvviso soltanto perché ci si è resi conto che la proprietà del "castello" è nostra? Oppure è sempre il padrone che paga lo scotto di aver dato fiducia a chi non l'ha ricambiato con la stessa moneta? Abiti da me ma non ti preoccupare, pago io anche per il tuo disturbo.

Lei avrebbe dovuto soltanto rispettare i patti e andarsene dopo poco. Io l'ho fatta entrare perché non era se stessa, era vestita da "soluzione". E poi...

...

Ero così piccola...

...

22

Ho undici anni, sono sola a casa. Ho fatto in modo che i miei genitori credessero in un malore per evitare la scuola. L'hanno fatto in tanti prima di me è vero ma quel giorno nel mio destino c'era altro; avevo ragione a restarmene tutta sola, era destino oppure solo sfiga. Peccato che sul libretto delle giustificazioni non si potesse scrivere alla voce motivo: «DESTINO oppure SFIGA».

Sarebbero due belle e democratiche risposte, spendibili per tante cose.

Queste due parole, non ammesse, avrebbero evitato il senso di colpa della menzogna e quell'imbarazzante complicità di tutti, compresi i professori di fronte a "Motivi di famiglia" oppure "Motivi di salute" oppure la solita "Lutto in famiglia" usata con generosità e accettata con lo stesso entusiasmo pur sapendo che tutti muoiono una volta sola.

La mia non era la solita scusa, dovevo proprio restare a casa perché da qualche parte c'era scritta questa parola: "DESTINO"... e poi in piccolo "sfiga".

Qualcosa stava per accadere, era una di quelle giornate che non arrivano mai al tramonto... per tutta la vita. Oppure, rendono tutta la vita un tramonto di situazioni e persone...

Alle undici del mattino, seduta sul lettone dei miei genitori lato papà, mentre vagabondavo tra i canali della televisione più grande di tutta la casa, arrivò Lei. Non potevo credere che qualcosa del genere potesse attirare così tanto l'attenzione di tutto quello che avevo dentro, in fondo era soltanto la scena di un film che nonostante mi abbia suggerito chi fossi veramente, il titolo non l'ho mai scoperto e mai cercato.

Una donna bellissima, a una festa in un giardino, comincia a respirare affannosamente e cerca, corre, trova un bagno e ci si chiude dentro. Si piega sul cesso, si mette due dita in gola e vomita.

Tutto qui.

Essenziale.

Penso che esista una sana differenza tra quello che ci hanno insegnato a cercare e quello che arriva perché è già dentro. Bello o brutto che sia non importa, quello che importa è averlo trovato. Io l'avevo trovata… a breve anche iniziata a "usare".

Ero piccola ma sentivo già una fame adulta, un languore di me stessa che non riusciva a farmi vivere i miei undici, quasi dodici, anni.

Questo stato di costante bisogno di riempire lo stomaco, la mente, gli occhi, le mani, la bocca, il tempo. La sensazione netta del peso del vuoto senza la tara, gli organi sono vuoti e il loro stomaco brontola. Ognuno di loro vuole essere riempito altrimenti s'incazza.

Ecco. InFame.

23

Ero una ragazza di fuoco, non potevo e non volevo essere toccata da nessuno perché, oltre a farmi del male, scottavo e nessuno doveva spegnermi o disegnare con le mani i miei contorni. Le curve purtroppo non mi sono mai piaciute, ho sempre preferito i crepacci.

Quando sei piccola c'è sempre un nome che vorresti più del tuo. Io avrei tanto voluto chiamarmi Elettra. Avevo incontrato questo nome grazie a una ragazza che mi aveva "sostituito" tra le braccia di Uno che mi piaceva e dato che spesso sono state le figure in conflitto a ispirarmi, lei è entrata a far parte di quella parte di me che aveva bisogno almeno di un nome per non sporcare il suo e soprattutto, che si prendesse le "MIE" responsabilità.

Così… Elettra era sempre Lei, io ero sempre io e vissero per sempre bulimiche e contente. «Due brave ragazze» direbbe la gente.

Elettra mia unica dipendente con contratto a tempo indeterminato, purtroppo.

Ripensando a Uno e a quella sua dipendenza da petting spinto che io invece non volevo concedergli, Uno era esattamente quello che volevo e l'avevo già capito a tredici anni: volevo amare qualcuno che mi facesse sentire in colpa, volevo qualcuno che mi ricordasse che non ero mai abbastanza.

L'amore che manca e non quello che resta… io a tredici anni l'avevo capito. Era tutto nuovo eppure già così incredibilmente vecchio, lo sguardo non era come quello dei miei amici, il mio era indubbiamente il più consapevole del disagio che questo sentimento porta insieme ai suoi battiti.

Io dovevo conoscere solo l'amore che manca, sapevo che in quello avrei vissuto e nel petting spinto invece… non necessariamente. Non è una massima (che poi è una minima) che va bene per chiunque, è soltanto la chiacchiera schietta che faccio con Elettra almeno una volta a settimana, giusto per chiarirsi idee e posizioni.

A quell'età non si dovrebbe abitare nella fine delle cose, a quasi dodici anni il tuo domicilio dovrebbe essere nell'inizio. Per me no. Appassionata di finali da sempre, guardavo con entusiasmo solo gli ultimi trenta minuti dei film che sceglievo e il resto me lo immaginavo. Nel finale ho sempre trovato più concretezza e ordine, nell'inizio soltanto tutto quello che deve ancora accadere. Stessa cosa vale per le canzoni scritte per spezzarti in due, quelle hanno un finale che non ti molla più, potresti continuare a piangerci in modo autonomo per otto\nove ore senza doverle riascoltare. Il segreto sta tutto nelle ultime note...

Eppure... a casa ero la più brava di tutti. A scuola ero la più brava di tutti. A danza ero la più brava di tutti. Eppure... io avrei soltanto voluto essere "la più tutti di tutti" ma il destino o la sfiga che sono figli della stessa madre, non li puoi volere tu, arrivano all'improvviso e non puoi usarli nemmeno sul libretto per le giustificazioni.

24

Ho tredici anni e già non ne posso più di starci come tutti qua fuori. Sono stanca di me e di loro, nell'ordine di: tutti quelli che ce la stanno facendo, tutti quelli che escono e vedono gli amici, tutti quelli che vivono già alla mia età di petting spinto e di tutte quelle cacacazzi e cacadubbi come me.

"Le parolacce le dico solo dentro, fuori mi limito a sbagliare le consonanti e l'italiano."

Non ho mai compreso se fossi io a capitare nella visuale degli altri o se fossero loro a guardare troppo nella mia direzione. In questo caso sarebbe giusta la teoria che sostengo da un po' dei miei pochi anni a questa parte: sono strana e non c'entro quasi mai con nessuno, per questo mi guardano. Al di là di tutto quello che sento dire, la diversità è sempre prendersi le proprie responsabilità. Roba da prima linea ma senza avere la forza di quelli che si mettono in mostra soltanto per essere guardati.

I miei compagni di classe hanno solo la loro età, parlano di cose giuste per i loro quasi quattordici anni. Io no. In seconda media avevo deciso che la scuola era un posto troppo crudele per una ragazzina con gli organi a vista come me ma nessuno capiva questa cosa. Mi guardavano, i miei coetanei, cercavano una categoria che potesse comprendere anche me e salvare loro dal dilemma del: "E mo' dove la mettemo questa?". Forse, già allora, non trovavano il tempo di fermarsi. Che peccato a quell'età non avere tempo! Non averlo, onestamente, è un peccato a ogni età. Per guardare bene bene ci vuole tempo altrimenti dentro non arriva niente e tutto si ferma soltanto all'iride che non ha memoria. In niente ero uguale a loro ma questo ancora non sapevo sarebbe stata la mia fortuna. Ritengo che la fortuna sia abbastanza centrale nella vita.

Avevo un'amica molto inserita nel giro che conta, a sua volta lei era amica di quelli che contano, insomma un giro di quelli dove a quell'età non puoi non desiderare di stare. Io no. Stavo con loro per ingannare me stessa e quella insopportabile sensazione che avevo addosso. O forse semplicemente perché era destino.

25

Un giorno la capa del gruppo dei capi che contano affronta la questione del suicidio come una cosa "troppo fica", da provare. L'aveva appena lasciata un ragazzo (ovviamente per lei era IL ragazzo) e ci comunica di volersi addormentare la notte per non risvegliarsi mai più e che avrebbe pensato presto a come fare. Io l'ho sentito così forzato quel suo modo di dire e di volerci tutti nel suo inutile dramma che non ho osato parlare, non potevo certo uscire dal gruppo che conta se prima non c'ero nemmeno entrata. Tutti in coro, quelli che contano ma un po' meno, a dire: «Povera! Dai che siamo con te, è vero che fa tutto schifo e che ce ne dobbiamo andare». In pratica, il giorno dopo a scuola sarebbero arrivate almeno venti giustifiche con su scritto, alla voce motivazione "Lutto in famiglia". Con firme annacquate da lacrime di genitori di figli che cont... avano. Boh.

Ci salutiamo con grandi abbracci e un po' di malinconia. "E grazie al cazzo!" penso io *"L'ho già detto che le parolacce le dico solo dentro e non fuori"* "Non vedremo più l'alba perché Manuela si è lasciata con il suo ragazzo?!?! Mah!"

La sera sono a casa e mi sento più in colpa del solito (perché purtroppo c'è un "solito" anche a quasi quattordici anni). Osservo i miei genitori, sono sereni, merito anche del mio mostrare una forzata spensieratezza tipica dei miei anni che comunque risulta convincente. Credo che quella notte i miei genitori abbiano fatto l'amore. Il destino e la sorella sfiga tramano sempre finali orrendi nei momenti migliori.

Poco prima di andare a letto quasi sto per tradirmi. Saluto più del solito mia madre, mio padre no perché tanto lo saluterà lei da parte mia.

A mezzanotte finalmente tutti dormono, tranne il "respiro" dei miei genitori.

Mio fratello è fuori con la fidanzata per fortuna, probabilmente sarà lui a dare l'allarme della mia dipartita al suo rientro, sicuramente non lo farà mia sorella perché è già nel mondo onirico dei film di Gianni Morandi, Bobby Solo e Nino D'Angelo.

Apro l'armadietto delle medicine e comincio a pensare a cosa fare per mantenere l'assurdo patto con "Manueladelgruppocheconta" e mio malgrado non svegliarmi domattina. Per farmi più coraggio non ho nemmeno fatto i compiti, quindi devo per forza fare questa cazzata... giusto?

Sudo e penso, penso e sudo, poi... l'illuminazione! "Mi stordirò e lascerò questo pazzo mondo grazie a un mix mortale di paracetamolo 125mg per neonati e Biochetasi contro l'iperacidità gastrica di mio padre."

Erano gli unici due farmaci che conoscevo bene, un suicidio in sicurezza diciamo.

Prendo ben due pasticcozze di paracetamolo, in totale 250mg che a occhio e croce mi sembrano tante, bevo ben due Biochetasi che pure mi sembrano più che sufficienti e corro nel letto ad aspettare la fine.

Ore 7 suona la sveglia. Come... cioè... perché

io la sento? Non dovevo essere morta stordita dal paracetamolo in eccesso e dal mix di acido citrico, citrato di potassio e citrato di sodio più varie vitamine del gruppo B che com'è noto agiscono fondamentalmente come antiacidi e disintossicanti tamponando tutto il resto? Che poi... quale resto? 250mg di paracetamolo, ho scoperto soltanto dopo, non fanno passare neanche i dolori mestruali.

Non c'è più spazio per capire mentre mia madre ulula: «È tardiiiiiiii!». Devo andare a scuola visto che non sono morta, senza compiti e con la giustifica "Lutto in famiglia" non valida.

Tento la carta del malessere? Non posso perché il mix in realtà mi ha fatto svegliare in gran forma (da non provare assolutamente perché è stata soltanto questione di culo).

Presa da un panico illeggibile all'esterno, acchiappo al volo il mercurocromo e simulo una goccia di sangue proprio al centro della felpa color albicocca Napapijri, comprata in saldo (valido solo per il color albicocca), alla Standa. Mi sporco anche un po' il naso prima di correre da mia madre che nel frattempo è già scesa in macchina. Sono quasi di fronte a lei con la mia bella macchia di sangue finto, un po' orgogliosa e un po' mortificata dalla goccia troppo perfetta (pure lei) al centro della felpa. La Panda bianca di mia madre ruggisce, lei appena mi vede abbassa il finestrino e dice: «Vabbe' daje chissenefrega! È tardissimo, mo' vai a scola co' a ferpa sporca».

Molto bene.

Con fare luttuoso scendo dall'auto e saluto la mia mamma geniale. Alzo lo sguardo e vedo che tutto il "gruppo che conta" è vivo e vegeto esattamente come me solo che loro hanno fatto i compiti: «Mortacci vostra!».

Questa è stata forse l'unica occasione in cui non l'ho pensato e basta, l'ho detto a voce alta. Molto alta.

26

Soffro tanto, ho quasi quattordici anni e non c'è cosa che riesca a scivolarmi addosso. Ho un rapporto così stretto con il senso di colpa che lo chiamo "fratello Sole e sorella Luna" come pure san Francesco avrebbe fatto. Anche lui è figlio di Dio, soprattutto lui... il senso di colpa.

Non voglio pensare che sia sempre colpa della famiglia, i miei genitori sono delle brave persone, io li amo tantissimo. Ce l'hanno messa tutta, mi hanno insegnato a vivere in qualsiasi posto e a restare alla larga da certe situazioni. Ci siamo trasferiti in un palazzo vicinissimo al lavoro di mio padre, per comodità e per frequentarci tutti un po' di più. Nel mio palazzo c'è gente che ha storie incredibili nelle quali io mi perdo per ore a pensare, i miei genitori hanno anche già le risposte a tutte le domande, credo gliele abbiano fornite in dotazione con il bilocale omologato per cinque.

C'è una signora al quarto piano che ha la figlia caduta nelle mani della setta di una certa Mamma Ebe e grazie a mamma e papà capisco immediatamente che non è una bella cosa per lei.

Al secondo piano abita un ragazzo che vive soltanto con la madre perché il padre è morto in circostanze misteriose, tipo il suicidio ma non con la Tachipirina 125mg... tanto per capirci.

Al quinto piano c'è un tossico, nel quartiere è famoso e lo chiamano "Bucatino". Usa l'eroina e dopo aver letto il libro *Noi, i ragazzi dello zoo di Berlino* (regalo di mia sorella per il compleanno) ho ben chiaro che bucarsi è uno schifo di vita. La sporcizia e i disagi mi sembrano troppi rispetto ai benefici. Come dice sempre mia madre "Meglio un pacchetto di caramelle!" e questa frase vale anche per chi ti offre qualcosa che non devi accettare. Questo consiglio non è valido per le caramelle singole perché potrebbero comunque contenere droga, essere state aperte precedentemente. Ho buona memoria e sono ubbidiente. Sto alla larga da tutti tranne che da un'amica che vive sotto di me, si chiama Andrea ma è una femmina. L'essere umano perfetto, il figlia\figlio che non appartiene a nessuna categoria, solo alla libertà. La nostra amicizia già da piccoli ci faceva riflettere sul futuro, ovvero: lei doveva ogni giorno parlarmi di come avrebbe tanto voluto diventare un lui e il giorno dopo viceversa e io solo parlarle\gli dell'unico lavoro che mi interessava fare da grande, cioè la mamma.

Andrea diceva: «Se diventerò Andrea maschio non farò soffrire le donne perché io so cosa provano. Se resterò Andrea femmina ma più femmina di così non tratterò mai male mio marito perché anche lui so cosa prova». Non faceva una piega e io la\lo guardavo soffrendo d'ammirazione per lei\lui. Poi per cercare di sembrarle\gli interessante me ne uscivo con riflessioni, tipo: «Se per sfiga avrò una figlia femmina, non mi opporrò al destino, le dirò di non portare a casa nessun risultato per essere "brava", le dirò di portare risultati per essere "sua", la più sua di tutti. Anche più sua che mia. Comunque vorrei un maschietto, e lo dico nel caso qualcuno sentisse e volesse avvisare il destino».

Non avevo praticamente capito niente del bellissimo discorso "di genere" che mi aveva fatto. Andrea mi voleva bene perché era anche me, io le\gli volevo bene ma non avevo l'umiltà giusta per essere anche lei\lui.

27

La vita scorre abbastanza disturbata come al solito, sono infelice il giusto. Poi...

Palestra "Europa Ballet School", insegnante di danza classica, corso per principianti. Mio fratello decide di farmi trascorrere i pomeriggi lì invece di andare in giro a rifiutare caramelle. Che ne poteva sapere lui di cosa sarebbe successo di lì a breve...

Nel giro di due mesi arrivo tra le prime della scuola, tutti ci credono e puntano sul mio talento. Io no.

Faccio un provino insieme ad altre 10000000000000000, mi prendono anche se sono quella che abita al primo piano del palazzo di "Dario Argento" (vista la qualità della suspense nelle vite dei condomini), e inizio un non so esattamente bene cosa.

Dico solo che UN giorno, apro UN giornale e leggo di UN qualcosa, poi ascolto qualcUNo che grida UN qualcosa che non ricordo. M'innamoro di UN ragazzo che mi dice UN "Sei grassa" qualunque. "UN" articolo indeterminativo utilizzato per la descrizione di cose generiche senza alcun peso specifico che nella mia vita ha definito tutto.

28

Ho quasi quindici anni e sono ufficialmente InFame.

Inizio a divorare me stessa, ho sempre fame, ogni aggettivo dispregiativo equivale a un pezzo di qualcosa da masticare.

Mi guardo allo specchio, ho la pancia gonfissima e ora finalmente posso dire a me stessa per la prima volta: «Mi fai schifo!».

La prima di una lunghissima serie di volte.

Sale l'ansia, il respiro affannoso, gli occhi cercano una soluzione, passano in rassegna ogni particolare ed ecco che... Entro nel mio posto, in quella che sarà, per i prossimi dieci quasi undici anni, la mia casa: il WC delle DONNE.

Mi metto due dita in gola e vomito.

Semplice, naturale, come se l'avessi sempre fatto.

29

«Ambra dieci minuti siamo *on air*.»

È quasi mezzanotte e tutto sta per cominciare. Lo studio è pronto, io e le mie superpippe pure. Sono rivolte verso le chilocalorie in eccesso, il voler essere magra e giusta, il non volere le cicatrici pure all'esterno che già dentro sono un piccolo Frankenstein. Un'accozzaglia di pezzi cuciti grossolanamente insieme, che al di fuori si mostrano soltanto con un antiestetico gonfiore. Qui tutti mi dicono che sto bene "anche" così e io su quella particella aggiuntiva ci muoio.

"Ma che gliene frega al mondo intero del prima e del dopo? Io prima ero infelicemente magra e ora sono infelicemente gonfia e domani forse sarò infelicemente... io."

La costante è sempre l'infelicità, qualcosa di concreto a cui aggrapparmi ce l'ho.

«Cinque minuti e siamo *on air*.»

Stasera in radio ci sono ospiti a parlare con me di musica o di fuffa notturna, potrò sfidare le leggi della fisica e far sì che il mio gonfiore mi aiuti a essere leggera, aerostatica, come una mongolfiera... Ecco, sono entrambe le cose io, sia il pallone che la cesta attaccata sotto.

"Minchia!"

«Sei *on air*.»

Parlo. Parlo (in testa superpippe). Parlo. Rido (in testa superpippe). Rido. Rido. Parlo (in testa superpippe).

Un Lui dice una cosa, io rispondo. Un Lui parla. Io rispondo. Rido. Rispondo. Rido. Rido forte. Rispondo. E le superpippe??? Sfrattate da ben due ore.

Sono le tre di notte, il lavoro per oggi è finito. Torno a casa con una voglia insana di continuare a RISPONDERE. Sto sentendo che le risposte abbassano il livello glicemico nel sangue e il languore passa.

Non sarà facile da provare a livello scientifico ma almeno nel mio mondo bulimico sarà una piccola segreta scoperta che regalerò gratuitamente a chi è InFame come me.

È successo qualcosa nella mia pancia, stanotte l'ho dimenticata.

Non ho fame nemmeno ora.

30

Arrivo a casa, apro la porta e mi butto sul letto vestita. Ora dovrei divorare tutto il cibo che ho comprato al supermercato accessibile in questo mese, un piccolo negozio ben fornito a venti chilometri da casa, dove la cassiera probabilmente ha la mia stessa fame. L'ho capito dal suo modo di non guardarmi mai in faccia, sorride e passa i prodotti; probabilmente fa la mia stessa spesa oppure si lascia ispirare dalla mia. Ogni volta che la vedo penso che sia un peccato, stento a credere che nessuno le abbia mai detto quanto sia bella, quanto dovrebbe essere felice. Anche in lei c'è un piccolo Frankenstein, lo capisco dal gonfiore alle mani e dai linfonodi sub-mandibolari che diventano, per grandezza e ostentazione involontaria, imperdonabilmente poco aggraziati. Stanotte qui a casa mia è tutto comodo, anche i miei jeans taglia 30. C'è odore di buono, continuo a essere un'igienista convinta anche quando vomito. E anche il mio bagno resta il più pulito di tutta Italia.

Persa nei miei organi rilassati, mi godo la notte per la prima volta; ho talmente tanto tempo libero che non so come utilizzarlo e sicuramente non lo userò per l'amorealimentare.

No.

Non lo farò.

Stasera vorrei delle carezze, vorrei dormire con Lui vicino, forse vorrei anche farci l'amore.

No, non mi sono innamorata.

No, nessun colpo di fulmine.

"Ma dai! Sarebbe una tale cazzata a questo punto che meriterei di scrivere: 'E vissero tutti vomito esenti e contenti'."

Ma non è andata così. Per fortuna.

Quella notte Lui invia un messaggio che arriva rumorosissimo nell'insolita quiete della mia pancia.

«È stato bello al buio parlare con te.»

...La pancia si sveglia di soprassalto, io comincio a sudare, sono in confusione mista a stordimento.

Analizzo ogni parola e l'assenza di punteggiatura che me lo fa leggere per mille volte senza prender fiato. Parlare al buio non gli ha fatto vedere esattamente con quale "gonfiore" aveva a che fare, facile desiderare di scrivere avendo la possibilità di disegnarmi diversa da come sono. Io non rispondo e se è vero quello che ho pensato prima, ora senza risposte mi verrà di nuovo f... aaaaaaaam! Preso al volo il primo ghiacciolo che ho trovato. Sono ancora abbastanza padrona della situazione, ho scelto un pezzo di ghiaccio poco più sostanzioso di un bicchiere di acqua e zucchero quindi vuol dire che non sono intenzionata al solito finale di nottata. Giusto?

No.

Al quinto ghiacciolo le dita della mano destra cominciano a soffocare gli anelli che indosso. Li tiro via facendoli scivolare con il sapone, un senso di liberazione che nella pratica invece si concretizzerà nel tornare in bagno zona cesso... male, molto male.

Penso a una risposta per stare meglio, qualcosa che mi restituisca quel senso di sazietà che avevo prima.

Il cuore batte e la bocca mastica...'cci sua!

Sono alla quarta scatoletta di tonno insuperabile all'olio d'oliva, l'odore di pulito che si respirava prima in casa, sta per cedere il passo all'odore di pesce in lattina. Anche il mio umore puzza di pesce rinchiuso e compresso.

Devo rispondere.

Addento il quinto Liuk, gelato sorbetto con bastoncino di liquirizia, illudendomi ancora di avere il controllo della situazione, chiunque scelga ancora il limone nel pieno di un attacco abbuffata pensa di potercela ancora fare a fermarsi. Il limone manda un impulso errato al cervello già sotto estasi da assunzione di sangue sballato.

Devo rispondere.

Al secondo piatto di pasta con biscotti sbriciolati saltati al pepe nero con sale rosa dell'Himalaya...

«Ci vedremo ancora al buio e sarà tutto più chiaro»

... gli ho risposto.

Ma quanto sono cogliona! Ma chi mi credo di essere! Alda Merini de' Monte Arsiccio ecco cosa sono. Comunque. A parte la stronzata che ho scritto, Alda Merini è la mia amica anche se non mi conosce e vicolo di Monte Arsiccio è un borgo su via

Trionfale che oggi come oggi te lo sogni. Quartieri rivalutati. Io no.

Incazzata e sfigurata butto il telefono sul letto...

Apro il rubinetto in bagno, l'acqua scorre come al solito e io mi metto due, niente... tre, niente... quattro dita in gola e niente.

Vomitare ormai non è più così naturale come averlo sempre fatto.

Passo le successive tre ore a provare, riprovare ma quello che esce dalla bocca è solo tutta la mia rabbia... il cibo alle sei di mattina l'ho digerito.

Sto talmente male che vorrei solo dormire, chiudere gli occhi per giorni mentre il mio corpo recupera l'anima.

Mi butto sul letto come quando sono arrivata a casa, indosso ancora i jeans taglia 30 ma decisamente non sono più comodi. Tira tutto: la pancia, la pelle, le mani, la faccia, la lingua, la testa, il cuore, il respiro. Sono tutti organi sofferenti i miei, così scomodi, soffocati da una malattia dentro il loro solito e unico posto.

Voglio sprofondare in un sonno detossinante e non intossicato come me adesso. Prendo il cellulare per buttarlo via, lo guardo giusto un attimo ancora per provare pena vedendomi riflessa in uno schermo dove la mia faccia non entra più. Sono enorme e se non lo sono mi ci sento.

Piango, riesco comunque a vedere otto chiamate perse e sei messaggi, l'ultimo che poi è l'unico che leggo, dice: «Peccato… ».

«Sì.»
Rispondo.

31

Due settimane dopo il sonno detox aveva fatto il Miracolo. Mi sono svegliata una mattina ed ero di nuovo "roba mia".

Ho scelto che non dovrà più accadere. La bulimia non sono io, è il mio modo d'amare. Sono andata in un centro specializzato per chiedere aiuto indirettamente, con una scusa che ha sorpreso anche me.

Una mattina di uno dei tanti giorni da bulimica, sono entrata dicendo che ero lì perché volevo aiutare gli altri.

Davanti a me c'è una signora che ha scritto libri per aiutare gli altri. Siamo simili. Mi guarda, ascolta il fluire bulimico anche delle mie parole, sente l'odore della mia instabilità ma non dice nulla di preciso, anzi resta vaga, come me. Lei, non dice: «A me è successo questo» e io non dico : «Sono qui per guarire». Di fatto inizia un viaggio, un percorso di sostegno… per gli altri. Come volevo io.

Le giornate passano sazie di storie di altre ragazze. C'è anche Luca con noi, unico ragazzo a soffrire dei nostri stessi disturbi o forse l'unico che lo dichiara.

Nessuna sospetta di me, pensano che io sia solo una brava persona che crede negli altri e li vuole aiutare veramente. Non è del tutto inesatto questo pensiero ma per aiutare qualcuno prima devi imparare ad aiutare te stessa. Per ora sono solo in grado di ascoltare.

Quasi tutti i pomeriggi, dentro una stanza, c'è qualcuno che porta la sua esperienza e si concede il lusso di poter raccontare la propria invisibile malattia. Ascolto e lo invidio, io anche qui faccio la parte di quella sana.

Laura è un medico, ha due figli e un marito. Vomita da quindici anni. Mi parla spesso del suo dipendere da questa pratica per sentirsi vulnerabile in una vita che seppure l'abbia scelta senza imposizioni, non le concede quasi mai di crollare, di sentirsi fragile, impotente… anzi credo che il suo problema sia proprio quel malefico IM, un suffisso che rende tutta la sua esistenza IM… propria.

Giulia è una studentessa, non ha nessuno tranne la madre. Vomita da cinque anni. Parla poco perché si conosce anche meno, io mentre la guardo penso che sarebbe giusto trovarle due occhi nuovi per guardarsi per sospendere l'orribile giudizio che vedo riflesso nei suoi.

Non è la via per la guarigione prendere "sguardi in affitto" ma serve a prendersi una pausa dai pensieri circolari.

Marta è tante cose astratte ma concreta nessuna. Single per mancanza di stima. Vive con il cane Benito e sogna di poter un giorno dimenticarsi del cibo. Non vomita ma non mangia da tre anni.

Poi c'è Valentina, una sopravvissuta. Non è un fatto opinabile. Non ho mai memorizzato che cosa faccia nella vita perché quello che mi ha raccontato va ben oltre il disturbo alimentare… È stata ricoverata tre volte per una lacerazione alla parete dello stomaco dovuta ad abbuffate che superano i cinque chili di cibo, praticamente aveva una pancia talmente gonfia che appena arrivata in pronto soccorso le hanno fatto tutti gli accertamenti pensando fosse al sesto mese di gravidanza. Fin qui questa storia mi ha sicuramente toccata da molto vicino ma l'epilogo è ancora più inquietante.

Dimessa dall'ospedale, per tutte e tre le volte salva per... culo, ha ricominciato prima ad abbuffarsi per vomitare che a vivere la sua vita. Il problema a questo punto, è che questa è la sua vita. Solo questa.

Con lei ho capito che l'espressione "Sto scoppiando!" usata spesso dopo aver tanto mangiato, è una conseguenza rara ma possibile. Intanto... io grazie a lei... ho finalmente paura.

In tutto siamo: sei bulimiche e due anoressiche.

Di anoressia non ne so molto, a parte la speranza assurda di diventarlo cosa che non accadrà mai, ormai ne sono certa. Di bulimia invece ne so parecchio... intanto vi do qualche dritta per riconoscere a che livello siete se state già vomitando.

- Bulimica lieve: da 1 a 3 azioni compensatorie settimanali.
- Bulimica moderata: da 4 a 7 azioni compensatorie settimanali.

- Bulimica grave: da 8 a 13 azioni compensatorie settimanali.
- Bulimica estrema: più di 14 azioni compensatorie settimanali.

La vita con una mano sempre o quasi in bocca ha meno opportunità. Una di meno sicuramente. Una mano può essere afferrata per tirarti fuori ma potrebbe non bastare e allora dovresti smetterla e lasciare anche l'altra a disposizione di chi vorrebbe tirarti forte verso di sé... A disposizione di chi amandoti vorrebbe salvarti.

32

Finita la giornata di ascolto si rientra a casa, avrò imparato qualcosa? Oggi sì, ho sicuramente sentito di avere paura. Quando la situazione ti sfugge, come ultimamente mi è capitato, è pericoloso non avere paura e io ora sono sicura di essermela portata a casa. Ho una fifa blu, tutto sarà blu d'ora in poi. Dare un colore ai miei stati d'animo rende più facile riconoscere quelli difettati. Tutto quello che avrà a che fare con Lei sarà blu.

Anche i "Puffi" sono blu e questa cosa la volevo scrivere e basta, sono quelle intuizioni che ti vengono nonostante tutti questi pensieri. In fondo quando il blu è entrato nella mia vita non lo avrei mai associato alla paura di farmi esplodere lo stomaco, era più un "Mi piacciono le puffbacche!" come diceva

Puffo Goloso. Anche in questo caso, e lo capisco soltanto adesso, ho scelto il puffo con l'ossessione del cibo. Puffanculo anche ai Puffi.

Mentre la mia vita blu continua il suo corso sento che anche dell'associazione sono stufa.

Mi annoio.

M'incazzo.

Me ne vado.

Non mi piace più quel senso di non ritorno che c'è qui, sembra tutto condannato alla convivenza e io con Lei non ci voglio convivere. Esploro me stessa da troppi anni ormai, ho fatto tour "d'interni e d'esterni" ma non ho una risposta che mi sazi, che mi aiuti a sedare questo languore costante proprio al centro della pancia. Questo vuoto in quella posizione è strategico, compromette tutto, irradia di buio qualsiasi organo, anche il cuore.

Non ho più storielle da mesi ormai, non faccio l'amore e questo mi solleva dal problema che ho della carne in esubero.

Mentre ci penso mi agito, mi aggrediscono pensieri molto negativi, sento le gambe liquide e non solo per la ritenzione idrica. Respiro poco, il diaframma sale troppo arrivando in gola insieme ai battiti del cuore. Posto sbagliato per lui che dovrebbe restare al centro e dare equilibrio.

Cerco di restare per un po' all'aria aperta, il respiro non molla, ricomincio a sentire un languore parecchio violento. Se torno a casa avrò perso la mia sfida e dovrò rimettere l'orologio bulimico a zero. Non posso e non voglio.

Comincio a camminare, ho deciso di tornare a casa a piedi così se arriverò per l'ora di pranzo non sarà così strano mangiare. Cucinerò come tutti a quest'ora. "Come tutti" fa davvero ridere, cerco d'intortarmi con le parole partorendo comicità involontaria.

Cammino per sedici chilometri, se non fosse per le zeppe che ho ai piedi non sarebbe una gran cosa. Con le zeppe è un cammino di fede, i piedi fumano, vesciche appena nate e già esplose, sangue e dolore alle caviglie che se non fosse per la posizione che occupano non si potrebbe certo dire che siano proprio loro quelle che tengono uniti piedi e gambe.

A me piace sentire questo disagio, è la prova pulsante del movimento che ho fatto e che mi salverà da Lei.

Quando hai un atteggiamento ossessivo compulsivo è quasi inevitabile che per uscire da una dipendenza si entri in un'altra.

33

Da oggi sono una podista. Una ciclista. Una free-climber. Una tennista. Una scalatrice. Una pugile. Una ballerina di tango. Una salsera. Tutto, fuorché una donna con istinti che smuovano ancora l'anima e Lei che ancora dorme.

Inizia così la mia vita super sportiva che non ha spazio né tempo per fare la spesa. Mi alleno moltissimo, abbracciando qualsiasi tipo di attività.

Lunedì-mercoledì-venerdì: balli caraibici insieme a un gruppo over 65 che tiene alla vita molto più di me.

Martedì: kick-boxing con una classe di motivatissimi ragazzi e solidissime ragazze che pacificamente si menano nel rispetto l'uno dell'altro.

Sabato e domenica alterno: tennis o free-climbing di giorno e la sera via di tango con un tanguero che continua a farmi notare che non mi "sente".

Guarda se non sarà proprio questo stronzo a farmi riprendere la passione per le dita in gola! Tra tutti i convinti di tutti gli sport che sto frequentando, lui è irrecuperabile. Viene vestito come Antonio Banderas, non quello di Zorro, quello già ostaggio della gallina del Mulino Bianco e respira troppo. Non ho nulla contro l'inspirare e l'espirare, funzioni fondamentali per mantenere l'apparato respiratorio vitale, è che lui ci mette troppo pathos. Durante il giro pista è capace di respirare lui per tutti, praticamente io ballo e quando abbiamo finito la lezione mi ritrovo in condizioni post-uragano. Capelli arruffati, faccia secca e rossa, otoliti fuori sede e vertigini. Tutti effetti collaterali del suo respiro. Dovrebbe avere un canale meteo dedicato che la mattina, almeno a me, dia delle informazioni riguardanti il suo livello di respirazione e quello che conseguentemente avrà intenzione di buttare fuori nel corso della giornata. A prescindere dal mio fastidio, intolleranza, insopportazione, non credo sia comunque giusto prendermi pure la colpa del non essere "dentro" la performance tanguera. Tra le altre cose, non per avere ancora più ragione perché ce l'ho e basta, lui ha un problema alla schiena: lordosi, cifosi e scoliosi. La postura ci separerà per sempre.

Infatti.

«Offro ultime dieci lezioni di tango argentino in cambio di prime dieci lezioni di pool-dance.»

L'importante è fare qualcosa per non pensare alla colazione, al pranzo e alla cena, soprattutto occupare lo spazio in mezzo. Evitare i supermercati. Evitare le botteghe dei salumi e formaggi. Evitare le pasticcerie. Evitare me stessa. Soltanto per un po', almeno riprenderò fiato.

Vado di corsa a scalare una parete sintetica, mentre aspetto di recuperare lezioni di sexy danza su palo roteante, mi sembra il minimo.

Ripongo nella scatola, fino a data da destinarsi, delle superlative scarpe da tango, ovviamente originali perché devo avere tutto "a posto"... fatta eccezione per me stessa ovviamente! Rido. Da sola. Chissenefrega.

Compro delle scarpe tecniche per arrampicata tradizionale e arrampicata alpina.

Tipo di materiale: Pelle.

Chiusura: Stringhe.

Suola: Vibram.

Spessore suola: 4 mm.

Pianta: leggermente asimmetrica.

Downturn: facile\medio.

Terreno: Verticale, Strapiombo.

Peso: 500 g.

Imbottitura interna nella zona della caviglia, sistema P3 (Permanent Power Platform) per la massima indeformabilità della scarpa, per avere presa sulle pietre sintetiche della parete artificiale che scalerò oggi stesso.

Ormai vivo come "loro", quelli che arrampicano, faccio tutto quello che i miei colleghi di cordata fanno durante il giorno. Funziona perché mi dimentico di essere malata.

"Ma cosa ho detto? Io non sono malata, ho un problema, anzi un disturbo alimentare. In medicina lo minimizzano perché dovrei aggravarlo io!"

Ripeto.

Funziona perché mi dimentico di avere un disturbo.

Viaggio tanto, siamo sempre in gruppo a cercare vette da raggiungere, loro non sospettano nulla di me. Io non mi piaccio comunque ma quello che sto fingendo di essere sì. Sono ruvida e misteriosa proprio come la montagna e questo mi intriga e mi manda in ferie dal lavoro di essere me stessa.

La mia vita ora è piena di spedizioni e rocce che hanno sostituito merendine condite con polpette al sugo e scorpacciate simili. Mi è sembrato quindi onesto comprare giusto due cose:

- Imbraghi professionali e rinvii.
- Discensori.
- Freni.
- Assicuratori.
- Corde e cordini.

Bulimica pure nello shopping montanaro? No, precisa, ordinata e poi almeno questa roba non è commestibile. Invomitabile.

34

Tutte le cose sane nella mia vita hanno una morte prematura.

Nelle varie spedizioni inizio a sentire più puzza di sudore che adrenalina.

M'innervosisco.

M'irrigidisco.

Non rido più.

Mi viene di nuovo fame.

Me ne vado senza aver raggiunto l'ultima vetta.

"Che vita di orride metafore!"

Ora che faccio? Non posso stare troppo a pensare perché prima o poi addenterò qualcosa e questa volta non finirò di "finire", andrò avanti per sempre a mangiare finché qualcuno non mi troverà esplosa da qualche parte in casa mia. Spero che sia in bagno, questione di correttezza, comfort e domicilio.

Poso le scarpette supertecnologiche da arrampicata e prendo immediatamente dei guantoni... Kick boxing arrivo!

La vita qui scorre tranquilla e molto più economica della precedente. Ho acquistato nell'ordine:

- Un paio di boxing gloves rivestiti in morbido poliuretano con chiusura a fascia con velcro, polso imbottito, si caratterizzano per il palmo completamente realizzato tramite materiale tecnico traforato per una elevata areazione della mano. Il comfort e la protezione della mano sono garantiti anche dalla fodera interna e dalla morbidezza delle cuciture. Il pollice è separato, imbottito come la zona target, e dotato di link di sicurezza per ridurre il rischio di distorsione.

- Due bendaggi\fasce mani di lunghezza 4 metri, colore rosso e blu, realizzate in cotone semi-elastico. Il materiale è confortevole e morbido sulla pelle, perfetto per offrirti stabilità e supporto.

- Tre pantaloncini e canotta riciclati. Armadio di mio fratello in polipropilene anni 80'.
- Quattro calzari parapiedi in poliuretano-interno pvc-imbottitura in etilene vinil acetato, colore nero, chiusura velcro, taglia s.

Alle ore 20 in palestra i miei nuovi amici non fanno altro che parlare di boxe. La trovano ovunque: nella musica, nel cinema, in cucina, nei libri, nella chirurgia plastica ricostruttiva della quale alcuni di loro avrebbero tanto bisogno. Non è una questione di bellezza avere il naso carino o gli zigomi arrotondati, nel loro caso è una questione di salute. Il tanguero respirava troppo e loro non avendo più le narici, la cartilagine, il setto ecc... ecc... non respirano affatto. A lezione sono praticamente l'unica e mi sta bene! Così imparo a rompere i coglioni al mio ex Antonio Banderas periodo Mulino Bianco che ormai avrà trovato un'altra da "phonare".

Questa volta non mollo, resto qui insieme ai miei nuovi amici e me la faccio passare la smania di sapere tutto.

Sudo, butto fuori e sto zitta. Sudo, torno a casa

e guardo *Million Dollar Baby* il film di Clint con Hillary. Piango ancora, spesso diciamo, ma questa volta scendono lacrime da pugile mica da bulimica che si strafoga.

Passano le settimane e sinceramente non so quanto ancora durerà questo silenzio... Lei dorme da quasi sei mesi, un vero e proprio letargo, forse il periodo più lungo mai passato distanti. Eppure Lei è vicinissima, dentro.

35

«Posso allontanarti pur convivendoti» dico ad alta voce… Il mio coach pugile Fausto, ovviamente pensando che la questione lo riguardasse, mi risponde con voce nasale (che poi ad avercelo il naso!) «Digi a be?» con la tipica pronuncia da chi sembra perennemente raffreddato.

Seguono minuti di imbarazzante silenzio.

«No Fausto non dico a te è che questa malattia di merda che gli specialisti chiamano disturbo mi ha davvero sfinita. Non ce la faccio più a vivere per Lei, non credo sia giusto lasciarmi "disturbare" ulteriormente. Ha cominciato prendendosi soltanto due dita, poi tutta la mano, poi le braccia, il busto, la testa, le gambe, il cuore, il cervello e la pancia… cazzo Fausto! La mia pancia aveva solo fame di me e della mia comprensione che io non le ho mai concesso. Sempre a cazziarmi, a chiedere qualcosa di meglio da quello che avevo e poi di più, ancora di più, sempre. Ho sostituito la parola "amore" con la parola "ancora". Non può non bastare mai quello che c'è e non può essere sempre il rapporto con i genitori a determinare chi sei o diventerai. Il momento in cui dovevo diventare qualcosa... no scusa, dovevo diventare e basta perché io ero già qualcosa, quel momento l'ho sempre rimandato condannandolo a un'eterna grande, inferocita abbuffata. Il cibo è ovunque ma la colpa non è sua perché nasce per essere invitante, sono io la sua più bassa testimonial. Tutto qui. Tu la fai la spesa?»

L'ultima frase lo colpisce perché effettivamente non c'entra una cippa con tutto il resto. Tra il confuso e il costernato mi dice: «Do, io coppro solo prodeide» (che con il setto regolare sarebbe: "No, io compro solo proteine").

Segue un imbarazzante silenzio.

36

Invece il buon vecchio Fausto avevo capito ecco-
me, mi mette sotto torchio con allenamenti degni
di una promessa del pugilato occupando tutta la
mia giornata e cambiando addirittura la mia playlist
tutta "Radio Italia solo musica italiana… sempre al
tuo fiancoooooooo". Al ruggito di *The Eye of the
Tiger* che sarà pure banale ma al secondo "Dan dan
dan dan…" ti senti già Rocky Balboa, passo le ore
a farmi urlare parole "raffreddate" che spesso non
capisco e tirare diretto, montante, gancio e calcio
rotante, frontale, rotante, discendente e a uncino.
L'amore invece non c'è in nessuna delle direzioni
sopraccitate, non è diretto né tanto meno rotante,
non è e basta. Di nascosto la pancia brontola ancora
ma la musica di noi atleti di kick-boxing la sovrasta.

Arriva pure il giorno dell'esame della cintura gialla, il primo per la precisione, sono fiera di aver raggiunto questo traguardo. Entro nello spogliatoio, cerco un pezzo di pavimento dove mettere le mie cose e mi preparo insieme a tutti gli altri atleti. Atmosfera emozionante.

Sono in prima fila e davanti a me c'è Fausto. Iniziamo con una combinazione… ops… il paradenti! Scappo dalla fila e vado nello spogliatoio a recuperarlo. È nuovo, ancora chiuso nella sua scatolina. Sono imbarazzatissima perché ho bloccato l'inizio dell'esame, stanno tutti saltellando sul posto in attesa del mio ritorno. Lo sbattimento mi rende ancora più ridicola, Fausto mi guarda e ride. Una ragazza mi dice: «Lì adesso serve ti mica!».

Le rispondo rispettando la sua costruzione: «So che guarda lo!».

Scatta subito una certa empatia, sono rapida nell'apprendimento di nuove forme di comunicazione. Proprio vicino a lei mi rimetto a saltellare.

Riparte l'esame.

- Le Posizioni di Guardia: Posizione di Guardia semi frontale.
- Spostamenti: Spostamento Avanti e Indietro;

Spostamento Laterale a Destra e Laterale a Sinistra.
- Pugni: Jab; Diretto.
- Calci: Calcio Frontale Gamba Avanti e Gamba Dietro; Calcio Circolare Gamba Avanti e Gamba Dietro (Low Kick – Middle Kick).
- Parate Pugni: Deviazioni sui diretti; Parata Block Diretto; Block sul Gancio.
- Contrattacchi: un singolo colpo.
- Combinazioni: Combinazioni sulle tecniche della cintura gialla.

Fin qui... nessun problema. Mi pavoneggio.

«Prendete il paradenti» ci ordina il nostro Fausto.

Io e la mia amica andiamo a recuperarlo da terra. Lei lo divora senza averlo neanche conservato nella scatolina, dà due colpi di guancia e lo porta nella posizione corretta. Io apro l'adesivo che sigilla la scatolina, faccio un clic molto delicato sull'apertura, porto con garbo il paradenti vicino alla bocca guardando di sguincio i miei compagni e sento gli occhi di lei gonfi di sarcasmo proprio su di me. Non entra. Spero di non essere vista. Metto la mano davanti alla bocca come la mia compagna di banco Rossella alle elementari, quando per mangiare di nascosto una caramella balsamica alla menta forte, pensava di non essere scoperta facendo soltanto quell'umile, vil' gesto. Talmente vil' che dopo l'esame di quinta elementare le ho scritto un biglietto che diceva così: «Grazie per le caramelle che ho respirato in questi cinque anni, amica mia... tana!» firmato con uno smile che ovviamente lei non ha capito. Non ci siamo più viste ma la sua mano che copre la bocca mi è rimasta nel cuore, le sue caramelle invece... Una volta le ho dedicato una vomitata mangiandone un sacchetto da cinquanta con effetti positivi sullo scarico del mio bagno che per un mese esalava effluvi balsamici. AnitraWc spostati!

Mi perdo, la mia testa spesso fa così.

Torno a quel maledetto paradenti che dovrebbe stare sopra i miei denti ma che ovviamente proprio non entra.

Sembra... «Troppo grande?» dico io, cercando di articolare la domanda senza sbavare litri di saliva. Effetti collaterali da paradenti... credo.

Blocco l'esame mio malgrado. Tutti mi guardano e saltellano, come prima, sempre per non perdere l'atteggiamento e la fase aerobica. Fausto viene verso di me, la mia collega intanto apostrofa: «L'hai in bollente messo acqua formarlo per??» io, con tutto lo sdegno accumulato per i suoi sguardi pieni di sfiga di queste due ore, rispondo: «Come saperlo a, facevo cazzo?».

Segue il solito imbarazzante silenzio.

Come Rocky sconfitto non da Apollo Creed ma dal suo paradenti, me ne vado per non tornare mai più.

37

Sono a casa, ho sistemato tutte le mie vite sportive in un armadio in soffitta. Ebbene sì, ho una soffitta come quella dei film horror verso i quali ho un'altra dipendenza.

Haaaaaaaaaaaaaaaaaaaaaaaaa

oppure

Ahhhhhhhhhhhhhhhhhhhhhh!

Così... ogni tanto mi piace urlare e urlare al contrario come nei messaggi satanici.

Rientro, vado verso la camera da pranzo, prendo dal mobiletto una scatola di cioccolatini e inizio a mangiarla.

Ore 11,45.

Accendo la tv, c'è già la *Prova del cuoco* e allora... «pronti cuochi... viaaaaaa!» inizia la sfida ai fornelli più crudele d'Italia, secondo me il programma più apprezzato dalle bulimiche che a quest'ora hanno bisogno di un piccolo incoraggiamento, di nuovi spunti per preparare una succulenta... scorpacciata!

Ore 12,30.

Pronta... Gnam, gnam, gnam, gnam, gnam, gnam, gnam, gnam, gnam, gnam, gnam, gnam...

Ore 14.

Ancora... gnam, gnam, gnam, gnam, gnam, gnam, gnam, gnam, gnam, gnam, gnam, gnam...

Ore15.

Sempre... gnam, gnam, gnam, gnam, gnam, gnam, gnam... gnam... gnam... gna... gn... g...

...

Ore 16.

Bleah, bleah, bleah, bleah, bleah, bleah, bleah, bleah, bleah, bleah, bleah e ancora dovrei vomitare perché sono una perdente. Sono più Lei che io.

Oggi dopo mesi di vittorie sul quotidiano bulimico vivere, dovrò azzerare di nuovo il "contagiornisenza". Correva di nuovo l'anno zero e io ero di nuovo salva per miracolo; la mia vita ridotta a una zattera in balia dei succhi gastrici in tempesta.

38

Annaspo nei giorni che seguono, finché approdo su un isolotto che non avevo previsto. Si chiama "aMati" che letto così non è male, anzi. L'insegna che troneggia sopra l'entrata del centro estetico, oltre a essere luminosa e intermittente, ha la M a forma di culo. Anzi, è un culo. Il messaggio che arriva è forte e chiaro: «aMa te stessa ma ricordati che prima di tutto sei un culo, comincia da qui».

Inizia così il mio periodo di aMore per Me stessa, con la M a forma di culo.

Ho la settimana piena pienissima di appuntamenti con il mio fondoschiena. La promessa che mi hanno fatto delle buffe donnine vestite di bianco, con unghie permanentemente smaltate ispirate ai quadri dei più illustri impressionisti e capelli nero vinile 33 giri, è che dimenticherò presto ogni male portando in giro delle super chiappe altezza scapole prive di ogni cratere cellulitico e piene di autentico sentimento.

Ora... andare dalla bocca al culo senza passare per il cuore sarà impossibile ma a questo punto della mia malattia, per gli esperti "disturbo", è mio dovere compiere l'impresa. La vivrò come quando gioco a Monopoli e la carta imprevisti ti chiede di andare direttamente in prigione senza passare dal via e senza ritirare i venti soldi di carta, finti come saranno fasulle le mie supernuovechiappescacciadisturbi.

Tutto scorre armonico tra elettrostimolazioni, scosse a bassa intensità con bendaggi imbevuti di un oscuro liquido che loro chiamano "Ice hell", questo l'ho dedotto perché la pronuncia qui è "Aisell" tutto attaccato. Non c'è niente di male ad avere un nostro idioma, potremmo far diventare questo centro estetico una piccola repubblica indipendente come San Marino. Il sogno della vita, un luogo dove tutti hanno dei culi esageratamente belli, conseguentemente una vita Meravigliosa e Meritata, sempre con la M a forma di culo, ovviamente.

39

La prospettiva l'ho cambiata parecchio, ora guardo tutto dalla vita in giù e di spalle. Questo nuovo modo di affrontare la vita mi distrae e mi restituisce una certa voglia di socializzare che avevo completamente riMosso (ormai nessuna M è più la stessa).

Esco spesso la sera, sono tornata nel locale dove il tipo interessante mi aveva beccata con le scarpe di Frankenstein. Lui non bazzica più qui, si è fidanzato ma ci sono altre persone interessanti e poi io ora sono nuova. Ho un bel culo! Sul resto non so se sono Migliorata (ci risiamo con la M), una cosa alla volta posso risolvere M...ica tutto insieme.

Sono sexy, vesto con abiti nuovi taglia s-curvy, le persone mi trovano bella, chiunque mi chiede «Cos'hai fatto? Madonna come stai bene!» che a me non è mai sembrato proprio un complimento, lascia intuire che prima la situazione fosse davvero grave, almeno questo devo dedurre non tanto dalla frase in sé ma dal tono simil avvistamento ufo con il quale viene detto. Comunque sì, sto davvero bene grazie al mio nuovo punto di vista. Non vomito più da dodici sedute, ormai calcolo gli attacchi bulimici in base a quante volte vado a santificare le chiappe dalle mie amiche del centro estetico.

Ho ricominciato a lavoricchiare, frequento un corso di teatro un po' estremo, perfetto per questa ennesima fase della mia vita e sono pure tornata in radio.

In teatro faccio esercizi di memoria emotiva, riscaldamento vocale, studio del metodo che solo a dirlo mi sento più acculturata di prima anche se le chiappe restano, sempre e comunque, la casa dalla quale partire la mattina presto per rientrare la sera tardi.

Durante una lezione di memoria emotiva, l'insegnante mi obbliga attraverso un suono a risvegliare una reazione emotiva legata a un inconsapevole ricordo. Il suono in questione è un cucchiaino da caffè che gira il latte in una tazza. La mia convinzione non è venuta a lezione con me quindi resto parecchio scettica, finché improvvisamente inizio a sentire modificazioni neurofisiologiche, tra cui la variazione del ritmo cardiaco, del respiro poi pallore, rossore, sudorazione... Le aree dell'ipotalamo, dell'amigdala e dell'ippocampo eccitate simultaneamente dal suono del cucchiaino, riportano alla mente il ricordo che la spietata insegnante avidamente desidera.

Seduta davanti ai miei colleghi di corso, piango disperatamente solo a tratti e a tratti singhiozzando parlo con mio fratello che anche se non è lì è nelle aree sopraccitate del cervello, custodito dentro la memoria emotiva dal suono di un cucchiaino in una tazza di latte la mattina alle 8 in casa dei miei genitori a Palmarola (famoso quartiere popolare di Roma nord-ovest... almeno io questo ricordo).

Mio fratello è dall'altra parte del tavolo della cucina, gli dico: «Andrea non voglio andare a scuola, voglio stare per sempre con te e poi io ti voglio sposare».

La mia voce è piccola, in maschera, i miei colleghi sono increduli davanti a una scena degna di una possessione demoniaca. Continuo a disperarmi davanti a mio fratello e simulando la voce maschile di lui mi rispondo: «Non posso sposà te sorellì, c'ho già Sabbrina che tra l'altro te vole tanto bene, tu la devi accettà povera che se no come famo?».

Imbarazzo da parte di tutti mentre la mia insegnante è completamente rapita e suda acqua e vino.

Insisto tornando piccola: «Andrè io non posso ricambialla perché sarebbe come accettà che me tradisci».

Mio fratello.

Un problema sostituirlo con altri uomini sempre meno belli, dolci, bravi, buoni, profumati, intelligenti, ballerini, cuochi, tecnologicissimi, di lui.

Mi faceva ballare la breakdance mio fratello, m'insegnava a girare con la testa, mi portava a danza, mi spiegava come usare il computer, mi faceva foto bellissime, mi faceva sentire unica.

Gli altri no, avevano solo aspettative su quello che avrei già dovuto saper fare.

Alla fine, comunque, ha vinto Sabrina che l'ha sposato; io al loro matrimonio ero in prima fila, singhiozzavo a tratti e a tratti piangevo certamente non per la felicità.

«Scusaaaaaaaaaa Sabrinaaaaaaaaaaaa, scusaaaaaaa-aa, cazzo io ti voglio bene e non ho nulla contro di teeeeeeeeee... scusaaaaa Andreaaaaaaaa!» sto urlando, dimenandomi come un'indemoniata sulla sedia davanti ai miei colleghi e alla mia insegnante, in teatro, al corso di recitazione.

Memoria emotiva.

Hai capito il cucchiaino?!?!

Esco tutta fiera dell'accaduto, ho tutto quello che mi serve ora. Scopro nuovi orizzonti anche se guardo tutto di spalle e dalla vita in giù.

Ho disperatamente voglia di tornare a sentire, a piangere, ridere, a sbloccare il diaframma non solo con due dita in gola. Voglio sentirmi giusta e accontentarmi di me stessa. Voglio imporlo agli altri.

40

Rientro a casa dopo una notte in radio e una giornata in teatro.

Attaccato sulla porta del bagno c'è un cartello: «In chiappe we trust!» regalo delle mie nuove amiche. Tutto questo è successo grazie al centro estetico e io non lo dimentico. Sono banalmente felice, mi rilasso guardando la tv e anche se sono le tre di notte sono abbastanza sveglia e lucida nonostante la giornata e il "cucchiaino".

Allungo la mano verso il tavolino vicino al divano, appoggio il telecomando, sposto la mano poco più in là e trovo una caramella. La mangio. Ne trovo altre dieci. Le mangio.

Mangio per tutto il resto della notte, fino all'alba. Mangio tutto.

Mi sveglio alle 14 di un merdosissimo primo pomeriggio.

Come mi sento non ho più voglia di spiegarlo.

È parecchio evidente che questa Lei che ho dentro non ha nessuna intenzione di abbandonare la mia pancia e io non ho più nessuna intenzione di passare la vita a cercare di mandarla via. Spero che mi esploda l'esofago, lo stomaco, l'intestino così almeno sarà un problema per chi dovrà ripulire tutto, fuori e soprattutto dentro.

Mi manco. Sono finita in un luogo dentro il mio corpo che dev'essere davvero deserto, perché quando mi cerco a voce alta la voce mi arriva come un'eco lontanissima. Mi chiamo e non mi trovo.

Ho così bisogno di essere amata, un amore che non conosce condizione, corpo, bellezza, bruttezza ma soprattutto che non conosce la parola "ancora". La parola "ancora" non la voglio interpretare più.

Vado in radio, devo lavorare e non posso pensare di sparire così all'improvviso. Sono tutta dolorante, gonfia e la pelle tira ovunque. La faccia è deformata dalle tossine in circolo.

La ragazza che sta in redazione con me mi guarda e poi purtroppo dice: «Tutto bene? Sembri strana».

"*Cazzo! Sembro????????????????? Sono, strana! Sono una tossica e se solo sapessi con cosa mi devasto neanche mi rivolgeresti più la parola, scoppieresti a ridermi in faccia sapendo che divoro Cuccioloni senza leggere neanche le barzellette disegnate sopra al biscotto.*"

Invece non le ho detto niente, ho annuito e cercato di trasudare insofferenza.

41

La situazione lavorativa va abbastanza bene, alle 00,30 mentre sono in onda e chiacchiero di buona musica mi arriva un sms. È Lui, quello del messaggio di svariato tempo fa. Vuole passare di qui a salutarmi, proprio questa sera...

La fortuna vuole che potrebbe non riconoscermi, ma comunque vada non me nc frega più molto. Se dovesse andare male anche questo incontro, tornerò a casa e mi farò consolare da dieci scatolette di tonno condite con sei crostatine alla cioccolata, spolverate con una spiaggia di cacao amaro sciolto in bocca grazie a tre lattine di Coca Cola... Zero. Piccole, irrinunciabili, contraddizioni.

Lui arriva con un bel sorriso e mentre è in piedi sulla moquette della sala regia della radio, io lo saluto dall'alto… del mio gonfiore. Fluttuo imbarazzata sopra di lui che mi guarda e basta, caratteristica a uso esclusivo del genere maschile perché al contrario non esiste donna che guardi e basta. Noi guardiamo per dare nutrimento alle… superpippe! Che a loro volta si allargheranno a macchia d'olio invadendo quel che resta di noi.

Lui mi guarda e sembra soltanto felice.

"Cosa ci troverà di così positivo in questo tuo evidente deturpamento da liquidi tossici di natura bioalimentare che tuo malgrado trattieni?" dicono le mie superpippe, non io. Sono sempre loro alla fine che rovinano tutto, m'invadono e iniziano a bisbigliare cattiverie nel mio già affaticato cervello.

L'unico dubbio che mi sorge estemporaneo guardandolo mentre continua a sorridere è che sia anche lui un po' bulimico, nel sorridere intendo. Troppo "ancora" nel suo sorridere a denti spiegati.

Arrivano presto le due del mattino. Finisco il programma e per mia sfortuna Lui è rimasto lì in regia, in piedi… mezzo uomo e mezzo moquette azzurra, una specie di moderna divinità. Aspetta solo che io esca dalla sala per poter giustificare quell'attesa portando a casa la "donna elio". Ecco cosa sono questa notte, un gas.

«Non credo che la serata prenderà una piega originale, vero?» gli dico davanti a tutti.

Mi risponde senza smettere di ridere: «Vengo da te?».

E io ribatto: «A dormire, giusto?».

Interno notte, casa mia.

Siamo arrivati in fretta spinti da un presuntuoso imbarazzo di diversa natura. Almeno la presunzione ci unisce, la sua di pensare che magari potrebbe succedere "qualcosetta", e la mia di trovare inopportuno Lui e il suo imbarazzante pensiero.

Ho camminato sempre dietro guardandogli le spalle e mai la faccia, mi sono messa i capelli davanti per occultare tutta la parte "in più" di me. Lui continua a farmi innervosire perché sembra non vedere, eppure io sono così... GONFIA.

«Le mie cosce sono almeno tre volte le tue» dico per spezzare il silenzio... e poi «Non te l'ho detto veramente giusto?» peggiorando la mia situazione verbale; mentre per me è già tutto disastroso, irrecuperabile, Lui si gira per guardarmi: «Hai delle belle tende lunghe in casa! Nessuno le usa più».

Mi sento come un fuoco d'artificio sparato in cielo per un compleanno da un innamorato che ha sbagliato la data di nascita della sua fidanzata.

«Come siamo diversamente qui» dico compassionevole a voce medio bassa rivolta di certo non a Lui ma a una zona buia del mio cervello.

Nel frattempo solo silenzi. Prendo l'iniziativa per cercare di rendere più "rumorosa" almeno la stanza, mi giro di spalle per chiudere le tapparelle. In tutto, venti secondi di "turuturuturuturuturuturururturuturutum". Mi rigiro faccia a Lui che è... drammaticamente in mutande. Ci guardiamo, entrambi abbiamo sguardi vitrei ma sempre per motivi diversi. Sono parecchio risentita e nonostante siano già passati novanta secondi non ho mai sbattuto le palpebre per idratare il bulbo oculare. Gli dico: «Mi spieghi il senso di questo gesto?».

E lui: «Non c'è niente di quello che pensi, è che volevo farti vedere subito l'articolo, cioè non quello ovviamente... senti scusa, intendevo la mercanzia... cioè no, scusa! Insomma tutto quello che devi sapere prima che... no, prima di che?... Senti, io vestito faccio un altro effetto! Vedi, qui ho una cicatrice lunghissima per un incidente che ho avuto tanti anni fa, qui ho del grasso accumulato che non si toglie, qui dovrebbe esserci il culo ma su di me non l'ho mai visto, qui solitamente rubano l'attenzione i pettorali ma nel mio caso sembrano più due tette post allattamento e infine se vorrai divertirti a cercare potrai trovare tutte le smagliature che vuoi, cosa davvero strana per noi maschietti. Ecco qua, questo sono io» poi sorride "ancora", e soddisfatto si riveste.

Scoppio, questa volta però a ridere e senza razionalizzare mi ritrovo a fare lo stesso coming-out. Lo obbligo a contare fino a cinque, il cuore mi batte forte, vampate da memoria emotiva "cucchiaino", M a forma di culo passo in rassegna tutti i miei ultimi mesi in pochissimi secondi come Mimì Ayuhara durante un semplice salto per una schiacciata e al suo "quattro" io sono già in mutande.

Che cazzo sto facendo? Non riesco a cominciare perché la lista che ho in testa è davvero troppo lunga e fuori è quasi l'alba. Non voglio essere denunciata per sequestro di persona.

"Cos'ho da perdere? Almeno se lo faccio eviterò una ricca colazione mortaccimia... dePippo... edichinonmelodice!"

Un bel respiro, tanto sono già in mutande da almeno cinquanta secondi e lui quello che doveva vedere lo ha già visto. Forse no, è ancora qua!

Dico flebilmente: «Hai tempo o devi andare via? Come vedi c'è roba, non quella ovviamente, oddio scusa non volevo dire questo non sono così presuntuosa, intendevo l'abbondanza, no scusa neanche questo... oddio sto sudando come una cagna in calore, arioddio scusa non intendevo che sono eccitata, oddiooooooooooooooooooooo merda! Scusami, perdona il linguaggio volgare come il mio corpo del resto e la mia bocca che al momento mi serve solo come busta per la spesa, non quella giornaliera ma la scorta mensile di cibo per poi vomitarlo, non oltre le due ore perché poi inizia la digestione».

Lui ride parecchio, io intanto mi rivesto ma sono fortemente tentata di non farlo. Sono a mio agio, oiga oim a onos, me lo ripeto anche al contrario pensando che sia una mossa di Satana che si è già portato via la mia anima.

Ci addormentiamo abbracciati, vestiti, simili, compensatori.

42

Passano molti mesi, otto per la precisione. Non vomito spesso, ogni tanto, raramente. Non m'illudo, Lei starà solo dormendo, come fa di solito quando vuole darmi tregua soltanto per non essere sfrattata del tutto. Si finge morta la stronza, ormai la conosco.

Sto con Lui appena posso, che vuol dire stare con me stessa appena posso.

Mi amo a intermittenza. Un po' lo faccio io e dove non arrivo c'è Lui.

Non posso farla sparire del tutto, credo che ne sentirei la mancanza. Di cazzate io e Lei ne abbiamo fatte tante insieme e sarebbe come dover accettare la fine di una grande storia d'amore senza onorarla almeno con un minimo di contenuta disperazione.

Guardo fuori dalla finestra, non mi sento sola ed è molto strano perché, ripeto, Lei non c'è quasi più nella mia vita. Oggi però ho tanta paura e non riesco a non sentirmi confusa.

Chiamo Lui, non so nemmeno io il perché, non ho bisogno di conforto, è che nel frattempo sta lavorando in un'altra città e mi chiede in continuazione di raggiungerlo. Probabilmente non si fida, oppure mi ama.

Continuo a non darmi pace, l'inquietudine sta invadendo ogni respiro. Devo muovermi. Sento un languore che non porta buone notizie, parto spedita verso la cucina. Apro il frigo con gesto incondizionato, automaticamente prendo un pezzo di formaggio, lo metto roboticamente in bocca e poi lo mastico involontariamente. Chiudo gli occhi, fuori sono un automa ma dentro no anzi, senza accorgermene prendo delle fragole e le mastico meccanicamente. Ho lo sguardo gentile e umano, lo vedo riflesso nel contenitore delle uova, sto diventando cosa? Chi? Mi scende una lacrima mentre penso di mangiare un uovo crudo poi senza averlo scelto la pancia mi ferma. Ma questa non è la solita parte dove poi ingurgito anche i mobili della cucina? Quella dove poi mi addormento sperando di risvegliarmi tra cinque mesi dopo aver digerito tutto?

No. Non questa volta. Dall'interno arrivano informazioni inattese che si manifestano con contrazioni attribuibili soltanto alla... nausea? L'ho aspettata per anni, ora che Lei forse non c'è più cosa me la manda a fare la mia pancia questa rogna?

Mi siedo, accendo la tv, c'è il mio programma preferito *La prova del cuoco*... ora ricomincerò a mangiare sicuramente. No, sempre nausea. Oddio non è possibile che... io stia muovendo un piedino a tempo di musica e che, con le manine rivolte verso la bionda conduttrice stia saltellando in cucina, davanti alla tv. Il delirio non si ferma, canto euforica: «Sono le tagliatelle di nonna Pina, un pieno di energia, effetto vitamina, mangiate calde col ragù (col ragù!) ti fanno il pieno per due giorni o forse più!».

Sto completamente ignorando i cuochi, saltello e canto intorno al tavolino. Lo facevo sempre anche da piccola, era uno dei miei passatempi preferiti e prima di me lo era anche di mia madre da piccola. Lei ha smesso a nove anni però, soltanto perché durante la canzone *Le guardie hanno i baffi* ha preso in pieno lo spigolo del tavolo e si è spaccata tutti i denti. Io continuo a girare, sono rapita dalla felicità e dall'entusiasmo per la danza, per i colori, le gallinelle, i mestoli, le faccine, gli occhioni sbarrati... da tutto, tranne che da Lei. Provo a cercarla guardandomi allo specchio. Cerco e ricerco ma vedo soltanto un rossore sulle gote segno evidente di uno stato di ottima salute.

"Io??? No, non è possibile."

Passo tutta la giornata a vivisezionare, in senso neanche troppo figurato, qualsiasi parte del mio corpo dentro e fuori.

Alle ore 18 l'unico punto che non mi torna è la pancia.

Sono sazia. Di cosa però?

Esco a fare due passi, camminare spinta da un'insistente serenità non mi era mai successo.

"Sono diventata stupida? Forse nel sonno ho sub... Sonno? E da quando dormo invece di svenire?"

C'è qualcosa che non va, devo tornare a passeggiare tra le mie ossessioni e non al parco tra prati in fiore e vecchine che profumano di lavanda. Questo viso addolcito che sorride anche quando sono nervosa, la pelle che se avesse un gusto sarebbe al caramello. Gli occhi che si posano sull'orizzonte e vedono sempre e solo albe.

Mah...

43

Riprendo a vomitare, per fortuna. Lui cerca di essere utile nonostante la mia poca disponibilità a condividere proprio tutto.

Entriamo nei ristoranti e chiediamo sempre un tavolo vicino alla toilette. È spesso libero perché comprensibilmente non lo vuole nessuno tranne noi. Di solito non faccio in tempo a sedermi che sento uno spasmo diaframmatico, segnale che dobbiamo correre. Lui mi prende al volo i capelli come fosse il mio elastico e in un batter di ciglia siamo entrambi a capo chino sul water sconosciuto per rimettere tutto quello che non ho ancora ingerito. Questa condizione sarebbe davvero da segnalare a uno psichiatra; "il vomito preventivo della ragazza bulimica", sembra uno di quei film d'essai che si devono vedere per sembrare coltissimi.

Mi tiro su, Lui lascia e sistema delicatamente i miei capelli, apre l'acqua per farmi dare una rinfrescata prima di tornare al tavolo come se non fossimo mai entrati in bagno per vomitare.

Nessuno dei due è pazzo, non è come sembra...

44

Sono incinta.

45

Sono passati sette mesi, ormai la pancia è completamente fuori e non ricorda un'abbuffata, per niente. Continuo a vomitare ma questa volta non per volontà mia. Credo fermamente che il destino voglia obbligarmi a capire la differenza... e se così non fosse almeno spero che si stia facendo quattro risate, io meno ma sto al gioco e sopporto.

Ogni mattina esco e attraverso spedita negozi di qualsiasi genere alimentare e l'unica cosa che avranno di me sarà la mia immagine riflessa sulle vetrine. Una figura esile come non sono mai stata, braccia sottili e caviglie sgonfie che sorreggono una pancia tutta in avanti verso il futuro. Non avevo mai pensato a questa parte del corpo come investimento verso quello che verrà, verso una persona che ancora prima di nascere io sto già proteggendo. Per la prima volta sono dietro a qualcuno non per coprirmi ma soltanto per fare in modo che vada tutto bene. Mi piace tutto di me e poi per quanto non sia aulico il pensiero... ho due tette che prego gli dei tutti i giorni affinché restino anche dopo. Serve tutto in questa vita ora che sono quasi sazia.

La mia pancia terremotata, incidentata, disperata, sempre vuota, la sta arredando qualcuno che ancora non conosco. Lavora sugli interni, io mi fido e basta. Sistema le cose, ha preso spazio, ha illuminato il buio, scaldato la zona che ora sputa fuori solo quello che non deve restare dentro. Sono completamente sua. Lascio che le sue manine, o meglio quello che sono al momento, massaggino gli organi maltrattati e conquistino ogni giorno la loro fiducia. Piano, pianissimo, rimodella i tratti, con i piedini tappa i buchi neri e non molla la presa. È così forte.

Per nove mesi non smette un secondo di ricostruirmi. Il mio interior designer lavora sull'anima rotta, ristruttura le fondamenta e quello che chiede io le do, perché servono materiali giusti questa volta. Quello che mangio resta lì e si trasforma in pezzi sani di me. Non devo fare niente, tutto accade e quello che per le altre neomamme sembra soltanto il quotidiano percorso di una gravidanza a me sembra un miracolo.

Chi mi abita, chiunque sia lì dentro nella mia pancia, non dice mai «Ancora!».

46

Il 2 gennaio 2004 alle 6 del mattino mi sveglio, sono in ospedale da ieri. Ho passato tutta la notte a grattarmi quindi mi è stato chiesto di restare per monitorare la situazione. Sento una forte nausea, la mia pancia si contrae per colpa di uno spasmo che arriva dallo stomaco, cerco di chiamare qualcuno ma appena metto fuori le gambe per toccare il pavimento, vomito fuori qualcosa che non è cibo e non è acqua... questa sarà la mia ultima, anche se involontaria, volta. Arrivano in tanti e tutti di corsa, mettono aghi, tubi, un signore mi stringe la mano, è l'anestesista. Non voglio assolutamente dormire, dopo la vita di prima voglio guardare la prossima in faccia e mettere subito in chiaro le cose con me stessa. Mi viene concesso. Basta un ago che non vedo perché è dentro la mia schiena e sparisce la percezione di avere anche un corpo sotto le tette. Non riesco a muovere niente tranne il cervello che gira a una velocità spaventosa. Il mio cuore non batte, tuona e non riesco a sentire altro. Guardo l'anestesista che mi tiene la mano, ha un papillon a pois sopra il camice e più che con la dose di anestetico credo sia riuscito a sedarmi con il suo outfit. Sorrido terrorizzata per il tempo che passa, sento mani che cercano qualcosa dentro la mia pancia. Vorrei essere io il chirurgo, vorrei guard... che succede? Stanno tirando, sento qualcosa che viene preso e portato fuori da me. Improvvisamente lo sterno si sgonfia, i polmoni riprendono uno spazio che credevano ormai perso, tutto torna a riprendersi il posto di prima.

Espiro fortissimo. Apro gli occhi.

Lei, è una bimba.

Piango, non vedo bene i suoi tratti ma il profumo... ora svengo... anzi no, resto e la bacio anche se non capisco chi sia. Una voce femminile dice: «Ehi bambolina, ciao! Guarda com'è bella la tua mamma!».

... Io, la sua mamma? Lui mi guarda dalla porta della sala operatoria e dice: «Guarda com'è incazzata amore, proprio come te»...

EPILOGO

Il finale, come già sapevo da piccola, rende tutto più concreto. Non esiste un finale uguale per tutti. Se anche la morte è uguale per tutti solo nella forma e mai nella sostanza, figuriamoci una soluzione per una guarigione come questa. Quella malattia che torna da dove è venuta lascia di sé soltanto il modo di amare che sarà per sempre InFame ma con la conquista del senso di sazietà previa digestione.

InFame sono io.

La pratica, quella invece, non esiste più. L'ho sostituita con l'aMore della mia vita alla quale poi è seguito subito dopo un altro aMore della mia vita… in tutte e due i casi la emme è a forma di cuore ovviamente… Il culo invece, rileggendo tutta questa storia, più che altro me lo sono fatto!

Auguro a ognuno di trovare la forma giusta alla propria M. Non fate coMe Me Mi raccoMando.

aMbra.

Se avete letto tutta questa storia ma non avete capito chi è l'assassino voltate pagina.

Io.

Finito di stampare nel mese di ottobre 2020
presso 🦁 Grafica Veneta, Trebaseleghe (Padova)
Printed in Italy